LAISHI DE LU

来时的路

亲历者讲述红色故事

湘赣边区三年游击战争

刘培善　等◎著

庞召力　冯华安◎编

中国文史出版社

图书在版编目（CIP）数据

湘赣边区三年游击战争／刘培善等著；庞召力，冯
华安编 . -- 北京：中国文史出版社，2024.12.
（来时的路：亲历者讲述红色故事／朱冬生主编）.
ISBN 978 - 7 - 5205 - 4879 - 3

Ⅰ. I251

中国国家版本馆 CIP 数据核字第 20242LE977 号

责任编辑：金　硕　胡福星

出版发行：**中国文史出版社**

社　　址：北京市海淀区西八里庄路 69 号　　邮编：100142

电　　话：010 - 81136606/6602/6603/6642（发行部）

传　　真：010 - 81136655

印　　装：廊坊市海涛印刷有限公司

经　　销：全国新华书店

开　　本：700mm×1000mm　1/16

印　　张：15.5

字　　数：148 千字

版　　次：2025 年 1 月北京第 1 版

印　　次：2025 年 1 月第 1 次印刷

定　　价：69.00 元

丛书编委会

总　主　编　朱冬生

执 行 主 编　史延胜　金　硕

执行副主编　吕　鹏　任德才　左厚锋

编　　　者　庞召力　孙召鹏　丁　伟　杨顺雨

　　　　　　彭　曾　倪慧慧　冯长青　牛胜启

　　　　　　冯华安　刘英芳

出版说明

选题缘起

一是贯彻落实习近平总书记提出的"要讲好党的故事、革命的故事、根据地的故事、英雄和烈士的故事,加强革命传统教育、爱国主义教育、青少年思想道德教育,把红色基因传承好,确保红色江山永不变色"重要指示精神,深入挖掘红色资源,丰富精神宝库。"采取青少年喜闻乐见、易于接受的形式",讲好"四个故事"、加强"三个教育",以高度的历史自觉培育有理想、有本领、有担当的时代新人。抚今追昔、鉴往知来,不忘初心、牢记使命,始终牢记"我们走得再远都不能忘记来时的路",让信仰之火熊熊不息。

二是引导人们树立正确的历史观。中国共产党百年非凡奋斗历程为我们留下了丰厚的精神遗产,随着时间的推移,现阶段人们尤其是年青一代对当年那一段血与火的历史已渐感陌生；网络时代媒体传播的多元化，极大丰富了人们的信息资源，但在一定程度上也干扰了人们对历史的正确认知，特别是关于党史和军史，存在不准确甚至不正确的史料传播。本丛书旨在通过收集和整理史料，让历史说话，用史实发言，为人们树立正确历史观提供翔实资料。

三是文史资料再开发的尝试。现存的权威军史资料大都时日已长，为防止宝贵的红色资源湮没在历史尘埃中，迫切需要对其进行深度挖掘、梳理整合，以"亲历、亲见、亲闻"的"三亲"史料的形式，让红色资源以新的体系、新的样态呈现在世人面前，更好地发挥教育功能。

编选原则

一是坚持正确的政治立场。牢牢坚持党性原则，牢牢坚持马克思主义新闻观，牢牢坚持正确舆论导向，牢牢坚持正面宣传为主。

二是主题鲜明。丛书反映了中国共产党团结带领中国人民，以"为有牺牲多壮志，敢教日月换新天"的大无畏气概，书写了中华民族几千年历史上最恢宏的史诗；展现了坚持真理、坚守理想，践行初心、担当使命，不怕牺牲、英勇斗争，对党忠诚、不负人民的伟大建党精神。

三是史料权威。丛书内容来源于《中国人民解放军历史资料丛书》《中国抗日战争军事史料丛书》《中国工农红军长征史料丛书》所收录的文章及老一辈革命家的回忆录等。涉及党内路线斗争的题材概不收入；涉及犯有重大错误的人员的情况只做客观描述，不做评述；理论性较强，不便于一般读者理解的文章慎重选录。

四是注重"三亲"性。所选文章紧扣"亲历、亲见、亲闻"的特点，内容感人至深、思想丰富深刻、语言通俗易懂，为加强红色资源的故事化提供生动范例，做到知识灌输与情感培养并举。

卷册专题划分

一是在纵向上按照中国革命的历史进程，讲述了土地革命战争时期、抗日战争时期、解放战争时期及新中国成立初期的党史和军史故事。

二是在横向上各个历史时期再按区域或按部队序列进行分述。如土地革命战争时期的各地武装起义，按照当年武装起义比较集中的地区，如湘赣、湘鄂西、鄂豫皖、苏浙闽沪、陕甘等分别编辑成册。抗日战争时期，按照八路军第一一五师、第一二〇师、第一二九师、新四军、华南抗日游击队、东北抗日联军等分别编辑成册。解放战争时期，按照第一、第二、第三、第四野战军和华北军区部队，以及剿匪斗争、策动国民党军起义投诚等分别编辑成册。后勤工作、军队院校等特殊领域，单独成册。

圉于文史资料的自身特点，作者个人身份立场、视野角度不同，一些人撰稿时年事已高、事隔经年，记忆恐有偏差，细节难求完全准确，有意偏重或弱化亦难避免。对此，我们力求维持原貌，体现多说并存，只对一些显而易见的讹误进行了谨慎订正。诚然如此，由于我们能力水平和主客观条件的限制，难免有疏漏之处，恳请广大读者批评指正！

编　者

2024 年 6 月

从 1934 年下半年到 1937 年全民族抗战爆发，红军主力相继战略转移后留在长江南北的一部分红军和游击队，在党的领导下，在人民群众的支持下，展开了艰苦卓绝的游击战争。1934 年 10 月，中央红军主力撤出根据地时，中共中央决定成立苏区中央分局和中央军区，以项英为分局书记兼军区司令员和政治委员。成立以陈毅为主任的中华苏维埃共和国中央政府办事处。在项英和陈毅的率领下，留在根据地的部队在策应、掩护了主力红军战略转移之后，进行分散突围，开展游击战争。由于众寡悬殊，也遭受重大损失。与此同时，在闽北、闽东、闽中、闽粤边、皖浙赣、浙南、湘南、湘鄂赣、湘赣、鄂豫皖边、鄂豫边以及琼崖等地区，党组织和红军游击队也都紧紧依靠群众，开展了不屈不挠、英勇顽强的游击斗争。面对国民党当局频繁的军事"清剿"和严密的经济封锁，南方各游击区的红军和游击队采取灵活机动的游击战术和巧妙的斗争策略，同敌人周旋。他们经常出没于崇山峻岭和茅草密林之间，昼伏夜行，风餐露宿，艰苦备尝。在全民族抗战爆发后，南方八省保存下来的红军和游击队改编为国民革命军新编第四军（简称"新四军"），成为活跃在大江南北抗日前线的一支重要武装力量。本书收录的文章绝大部分是游击区红军和游击队将士亲身经历的事件和战斗，也有部分革命群众的感人回忆，真实记录了湘赣边、湘南游击区的红军和游击队，在当地共产党组织的领导下，在人民群众的支援与掩护下，利用各种有利地形，与国民党军和地方保安团队的持续"清剿"进行斗争，很好地保存了南方革命阵地，积累了丰富的游击战争经验，牵制了大量的国民党军，在战略上配合了主力红军的行动，为土地革命战争做出了重大贡献，并为华中、华南地区人民进行抗日战争保存了骨干力量。

目录

坚持在湘赣[*]

谭余保

1934 年的第五次反革命"围剿"中，反动派集中重兵，一面割断湘赣与中央的联系，一面占领湘赣边的各县城。当时湘赣边的红军，为了保存力量，粉碎敌人"围剿"阴谋，在任弼时、萧克、王震等同志率领下，最先突围北上，与湘鄂西边区的贺龙部会合。

湘赣边区红军突围后，留下一部分干部和地方武装，继续在边区坚持斗争，其中我被留下了。这时，国民党反动派抽调进攻湘赣边区的湘军，去追击红军。在赣水以西一带，仍有国民党 4 个师驻守。这些反动军队，在各保安团及逃到赣州、吉安等城市回来的地主恶霸武装的配合下，采取堡垒政策，步步为营，向湘赣边区各县进行"扫荡"，妄想消灭我们党政军机关。当时湘赣边区 5 个独立团的兵力总共只有

---

　　* 本文原标题为《坚持在湘赣边区——回忆红军北上抗日后湘赣苏区的对敌斗争》，收录时做了适当修改。

3000人枪，加上遂川、莲花、鄘县等地的游击队和吉水的难民游击队，以及茶陵的独立营，也只有5000人左右。特别是我们的活动地区被分割成十几个小块，力量分散，联系困难，粮食缺乏，敌我力量极其悬殊，客观条件对我们十分不利。

不出我们所料，残酷的斗争一个紧接着一个到来了！敌人以数十倍的兵力，向我进行反复不断的"围剿"和扫荡。当时，作为湘赣边区最高领导机关的中共湘赣省委，亦只直接掌握一个独立团的武装，其余都被隔绝，无法联系。钱粮、给养、医药、服装以及伤病员的转移安置，都感到极大困难。我们一方面依靠群众，了解情况，解决困难；一方面突围转移，主要是避免损失。就这样，我们从牛田转移到吉安，从吉安到永安边界，从永安边界到安福、莲花边界。

在这样的艰苦环境中，一两天吃不上饭是经常的事，有时停下来吃点炒米、豆子充饥，敌人搜索队伍又跟着到了。部队在连续的转移战斗中，由于伤病减员、逃跑、叛变、失去联系等，损失严重。1935年2月，在武功山争取时机稍加整理，将所有能作战的人员，编好800人，前往宁冈、茶陵、永新三县交界地区活动，筹款筹粮。至3月，我们到达攸莲萍边界时，留在省委的就只有自己的警卫和各个机关的工作同志，总共不到50人。各地武装和党组织，都不了解情况，无法取得联系，无法相互配合和相互帮助。我们经常驻在山上，用茅草树皮搭成棚子，下雨时就打伞蹲着，饭也吃不上。白天我们不敢烧火，怕暴露目标，晚上才能进行活动，派人下去筹办粮食。

在艰苦的斗争环境中，绝大多数同志保持了坚贞不屈的革命气节。在武功山时，军区司令员彭辉明同志，从莲花活动回来与敌保安十团遭遇，作战牺牲。独立一团团长刘日同志在严重的肺病中，坚持斗争，使部队会合，临死时还忘不了恢复边区，大喊"红军回来了!"还有林瑞笙同志，在萍乡县委工作时被围在山上，负伤后毁坏武器从容跳崖牺牲。一个江西籍的小司号员被敌人机枪打伤，肠子都流出来，还挣扎着把武器隐藏起来，滚到山下牺牲。

但是也有一些混进党内的投机分子，因为经受不了这种严峻考验而动摇逃跑、叛变以至于无耻投敌。如当时以陈洪时为首的叛变，就是这种失败逃跑主义情绪发展到最高点的表现。其实，陈的叛变并非偶然，远在1935年以前突围转移时，他就不愿随队出发，认为危险，动摇犹豫，脱离干部，脱离群众。在萍乡、醴陵边界时，又曾提出将省委机关搬到安源做城市工作，意图退却逃跑，离开武装。当时因遭我与王用济同志（少共省委书记）的反对，未果。及至到达萍乡、醴陵交界的东桥山上，看到反动派报纸，登载李宗保、旷珠权在湘南、赣南带一个连投降何键的消息后，就提出分工意见。把干部分成两部分，分头开展工作，他在原地指挥湘东游击队，开辟白区工作，联络北路。我去湘南与蔡会文、方维夏联系，收拾残局，整理分散的各地方游击武装。这样，趁我们出发后，他就在 1935 年 6 月无耻地叛变了。

陈洪时叛变以后，由于他是当时负责人之一，反动派便大肆宣传欺骗，将陈洪时的卑鄙宣言书到处散发，企图分裂瓦解我们内部斗志。为了克服这些失败投降的思想，坚定斗志，以完成边区党的艰巨任务，1935 年 7 月，我们继续坚持斗争的二三十个同志，在莲花棋盘山开了一个会。会上分析当时形势，指出在这革命的紧急关头，叛徒陈洪时的动摇投降并不足为怪。但我们应该警惕，坚定信心，为党的事业奋斗到底。又发表告群众书，指出红军主力是出去开辟新的地区，湘赣边区是毛泽东亲手建立的，共产党是任何敌人都消灭不了的，以提高群众坚持斗争的信心，肃清因陈叛变所造成的恶劣影响。

这次会议揭露了敌人的阴谋诡计，澄清了内部的混乱思想，安定了群众的动摇情绪，把局面稳定下来了。对于打好湘赣边区以后的游击战争，起了决定作用。会后不久，为了集中力量，加强领导，将在攸县萍乡边界上坚持斗争的王用济同志调回，成立临时省委，宣告湘赣省政府结束，成立军政委员会，重新部署，组织现有武装力量，进行两星期的学习整顿，分编成三队。又派人去永新、萍乡、分宜等地收集失散的人枪，加上莲花县委保存的枪支，扩充到 6 个队。与各地党委工作人员联系，规定每半月一次书面报告，每个月由游击队长或政治委员率队来会合一次的制度，划定范围，进行游击战。这样，我们通过整顿组织，加强制度和纪律管控，使局面基本稳定下来。

为了扩大影响，振作士气，游击队首先在吉安县的油田进行了一次奇袭，当晚一口气赶七八十里，将油田区政府打开，缴获30多支枪，贴布告标语，没天亮就离开战地，恐途中遇见敌军，穿着缴获敌人的服装。在安福县破头村果然遭遇敌人，假说从油田"剿匪"回来，趁机缴获12支枪，自己毫无伤亡。这次战斗活动的胜利，使同志们坚定了坚持游击战争的信心。

从这次以后，便继续展开广泛的游击战争，战斗情绪提高，各游击队都能主动灵活出去，在政治经济军事上都有很大收获。其中一次乘隙冒雨夜袭安福县洲湖镇，30多人爬进围墙去，用敏捷动作，不到一个钟头解决战斗，缴获10支短枪，2挺机枪，把敌县长及队长都处决了。全县震动，反动派报告江西熊式辉说，千余"共匪"攻进安福，县长殉难。

另一次，宁冈县大队100余人增援永新，到达潞江，准备向我们进行"围剿"。我九陇游击队，依靠群众，侦察了解情况，于当天黄昏乘其不备予以突然袭击，当场打死伪副团长以下20多人，缴获长短枪30余支，给予敌人严重打击。还有袭击茶陵高陇，消灭敌军70余人。

除此之外，在战斗中我们还经常烧毁敌人的碉堡，仅在永新一县就烧毁碉堡100多个。像这样不断地进行袭击、烧毁碉堡，并抓紧进行宣传，扩大影响，我们的威信又重新建立了。老百姓说："红军还有很多人在这里，湘赣红军会回来的。"很多失散的队伍，都自动找来，枪支弹药也逐渐增加，游击队也逐渐成长壮大。

随着武装斗争的加强，游击地区逐渐扩大，每个活动地区，分派五至七人配合做党和群众工作。这样不但使我们的工作和地区有了发展，同时在游击队内部也增强了团结，增长了士气，改善了生活，加强了文化学习等。

我们的游击队除了打仗外，还要做群众工作。敌人对待边区群众非常残酷，特别是与民团同时回来的封建头子、地主恶霸，更是无恶不作。山口要道的农民，每晚都被集中在村里住，边区的青壮年更是如此。发觉家中有人参加红军，性命财产就难保全。就是与红军稍有联系，烧屋抓人在所难免。自首投降分子，也难逃地主恶霸的残害，往往在夜晚被杀害或活埋。他们以为用如此恐怖的手段，就可以断绝老百姓和红军的往来，但共产党与群众的联系是任何外力都分不开的。即使在极端恶劣的环境里我们仍然利用一切时机到每个村去组织农会、青年团、妇女会，发展和教育会员，布置工作。我们对遭受残害的群众也尽一切可能进行慰抚，尽量使群众少受损失。

在这种血肉相关的联系中，群众给予我们的帮助是数不尽的。他们偷偷地给我们运米运盐，敌人搜山时给我们报信，被迫带路搜索时，一上山就打吆喝开枪，使隐蔽的队伍、工作人员及时转移。他们说："你们放心，我们是死也不会讲的。"宜春一个老百姓因为卖盐米给我们，被抓去酷刑审问，他宁愿从碉堡枪眼里爬出摔死，也不暴露游击队的消息。

就这样，湘赣边区的革命斗争，在群众积极支持下，胜利地坚持了三年多。直到 1937 年 11 月底，我们奉命下山改编成新四军一部，于 1938 年 2 月开赴抗日前线。

湘赣边区三年游击战争 *

刘培善

    1934 年 8 月，红军第六军团离开了湘赣苏区。不久，湘赣军区便基本上被国民党占领。这时，红军还有 5 个团的地方部队，3000 余人，奉命留下来坚持斗争，以继续保持革命阵地，配合主力红军长征。敌人在军事上、经济上的全面封锁，给我们带来了极大的困难。

    战斗与非战斗减员越来越多。湘赣军区司令员彭辉明同志也牺牲了。最为严重的是，省委书记陈洪时、军区参谋长周杰、保卫局长刘发云等先后叛变了，5 个团的领导干部有的牺牲，有的病死，有的叛变，只剩下我（当时任三团团长）和五团团长曾开福。

    这些叛徒比疯狗还要可恶，他们不仅向敌人供述了我们所有的情况，而且带着白军，到处搜捕我们，破坏我们的根

---

    * 本文原题为《回忆湘赣边区的三年游击战争》，收录时做了适当修改。

据地。叛徒们把何键、熊式辉和他们自己写的劝降信，放在墙上反动标语或布告的后面。我们的同志见到这些胡说八道的布告就撕，一撕布告，劝降信就落下来了，同志们非常愤怒，等不得看完就把它撕得粉碎。有时忍不住还要踩它几脚。我本人就曾收到何键、熊式辉好多封劝降信，信里说："红军主力已被消灭了，苏区已不存在了"以及"谭余保，（当时的省苏维埃主席）终有一天会杀掉你""欢迎你来当团长、旅长"，并且可以得到"娇妻美妾"……看了信真是好气又好笑。

对于真正的红军战士来说，敌人愈残酷，愈激起他们的愤怒，愈坚定他们的斗争意志。

在永新的第一团有一个班长和五个战士，黄岗战斗后与部队失去了联系。这位班长率领战士，在象形以北的山上埋伏了一个多月，打听部队消息。当知道部队已经转移后，就冒着千难万险，寻找部队，他们找遍了我们部队经常活动的武功山区，也没有找到我们。于是又转向西北经莲花找到湖南的攸县地区，他们白天在森林里隐蔽，夜间走山道赶路。风餐露宿，一直走了一个多月，终于找到了我们，他们衣服破得几乎不能遮体，头发也老长了。这些钢刀架在脖子上也不会哼一声的人，见了我们却流了泪。他们说："没有党，我们活不下去！死也要找到党。要跟白鬼斗争到底！"见到这样坚强的战士，听了这样鼓舞斗志的话，越发增强了我们的斗争信念。

省委决定，不同敌人硬拼，保持有生力量，发动群众，壮大力量，恢复建立党的组织，创造新的根据地。省委和游击司令部率领1个大队，在茶陵、攸县、鄳县、醴陵地区进行活动；令我率领1个大队，以武功山为依托，在永新、莲花、萍乡、安福、宜春地区开展斗争，两支力量背靠背相互策应，展开了开辟新的根据地的活动。与此同时，从省委负责同志起，党、政、军所有同志，都穿着便衣下乡做群众工作。

1936年底，根据地逐渐扩大，我们4个大队经过整编，使用了湘赣红色独立团的番号。我率领团部和3个连，在永新、莲花、茶陵、宁冈边界地区发动群众。那里是同井冈山区连在一起的老苏区，当地大部群众被反动派"移"到大村镇上去了，有一小部分还隐蔽在山区，群众生活艰苦。因此，我们最初不在当地买米、买菜，而从其他根据地筹粮进山。在山上发现了一些土地革命初期游击队住过的棚子，就仿造了一些作为我们的"营房"住了下来。像在其他地区一样，部队变为工作队，分散下山，挨家挨户进行工作。有时候，我们还将打土豪得到的粮食、物资，救济贫苦群众。收缴的粮食有限，我们的同志宁肯自己少吃一点，甚至不吃。

做群众工作是非常艰难的，在一个只有几十户人家的九陇村，我们就花了两三个月的时间做群众工作，群众才发动起来。被白军赶到平原大村去的群众也先后回来了，他们对我们说："红军没有走，共产党还在这里坚持。有了你们，就有了依靠，革命一定要胜利，天下还是咱穷人的！"

因为我们长期分散做群众工作，敌人以为我们已被消灭，就把主力先撤走了。部队内部经过整顿、教育后更为巩固、团结，在这种情况下，为了广泛发动群众，扩大政治影响，提高部队战斗力，省委决定积极开展游击战争。群众支持我们，所以情报很及时，我们常在没有月亮的晚上，甚至雨夜，袭击敌人薄弱据点；得知小股敌人出动，我们就打他的伏击，一二十分钟解决战斗，打完就走。

一天黄昏，我们根据群众的报告，团部率领四个连一夜走了三十五六公里，奔袭吉安县的油田镇。在消灭了敌人一个保安中队和捣毁油田区公所以后，又换上了缴获的白军军装，由刘别生率领，大摇大摆，开向陂头村，村里数十名列队"欢迎"的敌军还没有来得及鸣号迎接，就被我们缴了械。两地俘虏相逢一处，互相瞪眼，莫名其妙。当时有些家伙还不信我们是红军，他们说："红军已不存在，要有，就是从天上降下来的！"真的是非常好笑。

1937 年春天的一个夜晚，下着大雨，有个农民向我们报告，安福县县长正在洲湖镇"视察"；此外还讲了敌人兵力配备情况。据此，我们 3 个连，由群众带路，立即从车田、东谷、杨梅之间的根据地出发，在山中小路上手牵手疾行了 40 公里，奔袭洲湖。许多群众帮我们找梯子，部队靠近了敌人据点，他们把梯子悄悄靠在区公所的高墙上。当我们的战士爬上梯子，翻过墙头的时候，敌人还正在睡大觉呢。

这一仗，我们干净利落地一下子就消灭了一个保安中队，打掉了一个区公所，活捉并处决了县长。到天亮时，我们早已离开洲湖十多公里了。

白军一出动，群众就跑来报告；白军把我们困在山上，群众就把粮食送上山来。敌人越是残酷，他们的胸膛挺得越高，他们宁愿牺牲自己，也要维护革命。莲花县有个妇女叫王桂莲，敌人两次抓她带路搜山，她明知部队在东山，却每次都把敌人带到西山，领着敌人在山中爬上爬下兜圈子。敌人捆她、踢她、打她、剥去了她的衣服羞辱她，可是敌人除挨到她的痛骂外，什么也没有得到。最后，敌人活生生地割去了她的乳房，终于把她折磨死了。湘赣边区不知有多少人为了支援红军，维护革命而献出了他们宝贵的生命！

1937 年 11 月，陈毅同志奉中央命令来到湘赣边区，代表中央，将部队进行改编。当我们奉命开赴抗日前线，离开湘赣边区的时候，人民群众都来为我们送行，老人们迈着艰难的步子，还在后面紧跟着，不断地嘱咐我们："你们打败鬼子可要回来呀！不要忘了我们！"

陈毅上山

段焕竞

1937 年秋，我率领湘赣红色独立团来到九陇山上休整。10 月底的一天，永新县九陇村的老百姓向我们驻九陇的工作组汇报说，山下来了一个人，到处打听游击队和谭余保同志，说是要上山和游击队领导见面。

下午，工作组派人回来报告，说这个人叫陈毅，很有派头，是由国民党派兵护送，用轿子抬来的。他一到山下，就把护送的国民党士兵打发走了，身边只留下个勤务兵模样的人。工作组的同志还听说他带有《抗日救国十大纲领》……

刘培善和我听了汇报后，都觉得好似其中有什么奥妙，说他是特务吧，怎么又把两个人留在山下，还说要上山；说他是叛徒吧，又只身跑来冒险；说他是自己人吧，又没接到上级指示。我们考虑再三，决定把他带上山来查个究竟。

天已黄昏，黄炳光、刘别生、蔡明芳、李森启等将这个人带到了山上。他一见到我们就像久别重逢的战友，爽朗地跟大家打招呼："同志们，你们辛苦啦，好不容易找到你们了。"接着他又自我介绍说："我是党代表陈毅，是奉毛主席、朱总司令之命，代表中共中央跟国民党谈判的。今天到你们这里来，是向你们传达党中央指示的。"

"你有介绍信吗?"我问。

"有，这是项英同志写的介绍信。"陈毅掏出便信递给我，"兹特派党代表陈毅同志，来你们这里联络"，落款署名是"项英"。信是用毛笔写的，既没有文头，也没有公章和私章。

那时，我们并不认识陈毅，而项英我们也只知道他原是中央政治局委员、中华苏维埃政府副主席，后是中共中央分局书记、中央军区司令员。但谁也不熟悉他的笔迹，我们也无法判断真伪。这便条又引起了我们的疑虑。

怎么办呢? 我和刘培善不禁犹豫了。陈毅也觉察到我们对他不信任，就主动与我们进行交谈。他直截了当地说："你们现在对我有怀疑，这是可以理解的。这三年，你们处境困难，斗争残酷，经过万死千伤，这很不容易。残酷的斗争，使你们立场坚定，对敌人、叛徒有强烈的仇恨心和高度的警惕性，这是难能可贵的。但我不是叛徒，是共产党，是代表中央来向你们传达党的指示的。"

"那就请你传达中央指示吧。"我们齐声说。

于是，陈毅拿出一份铅印的《抗日救国十大纲领》:

"这是公开的，你们先看一看。"

接着他侃侃而谈，日本帝国主义打进中国来了，中国的民族矛盾已上升为主要矛盾，国共两党应该合作，一致对外，集中力量抗日。为此，党中央决定，坚持在南方各省的红军游击队，要下山集中，开赴抗日战场。接着，他又从西安事变讲到卢沟桥事变；从八一三事变讲到全国抗日。与党中央失去联系并与外界隔绝三年之久的我们，似懂非懂地听着。共同打日本鬼子，我们赞成，但要我们下山和国民党合作，从思想感情上，我们难以接受。

夜深了，我们布置好岗哨后，才请他去"休息"。

次日，晨曦初露，为了考验陈毅，我们带他去练兵场看战士出操。他看见战士们的动作不错，高兴地问我们是否经常操练，还满意地说："你们做得对，除了打仗、筹款、做群众工作外，还得学战术和技术，学政治学文化，使自己立于不败之地。"

吃过早饭，原宜乐连的一个战士悄悄地对我说，他认识这个人，确实是陈毅。他在江西军区当兵时，听过陈毅做报告，那时陈是司令员，曾山是省苏主席，两人经常在一起。这样，"冒充"便排除了。

但在我们的印象中，高级干部也不是没有叛徒，省委书记陈洪时不是叛变了吗？我们左思右想，提高警惕不能忘，免得吃亏。

经过一天的观察，我们没有看出陈毅有什么嫌疑和破绽之处，反而觉得这个人能说会道，真不简单。为了慎重起见，我们商定继续进行盘问查明。

晚饭后，我们又开始了和陈毅的对话。

"陈代表，你怎么知道我们的部队驻在这里呢？"

"我是看了国民党的报纸，才知道你们驻在这一带山上。另外，我这次到南昌谈判，他们说，你们共产党对停战合作没有诚意，我问有什么根据，他们说你们谭余保的游击队还在经常打我们。这样我就知道了。"陈毅从容地回答。

"你既然是党代表，为什么来时不多带几个人呢？"

"这是组织上决定的事。你是游击队负责人，连这点简单的组织原则都不懂？"

"那你为什么不走山村小道，而大摇大摆地从国民党统治区来？国民党非但不抓你，反而还抬着送你来呢？"我们继续追问。

在我们与陈毅对话的同时，警卫班将送陈毅上山的那个人打得哎哟哎哟地直叫，陈毅听到气愤地说："这个人是区公所派来照护我的，你们打他是完全没有道理，这是乱来嘛！你们政治水平不高。"

"你政治水平高，你去投降！"我们声音也高了起来。

"叛徒也没有这么蠢，还带这么一个人跑到这里来，简直是笑话！"

"你不要隐瞒了，看你这副打扮，哪里还像共产党！还是老老实实把叛党的经过说一下吧。"

陈毅听了哈哈大笑："真是乱弹琴，大水冲了龙王庙，一家人不认一家人了。我现在是和国民党谈判的全权代表，为了工作需要，穿得派头些，这是为了对付国民党嘛！我这次坐轿子来，一是摆点威风，这样通过国统区可安全些；二是因我的脚坏了，不好走嘛！"说着，他把脚跷了起来，"我叫国民党士兵抬着，白天走大道，这样既安全又可快些到这里嘛！"

6个小时的对话，我们觉得他讲的是有道理的。但事关重大，在没有接到省委和谭余保的指示前，还是不能轻信。

陈毅好似看出了我们的心思，便对我们说："我向你们提个意见，我的问题你们处理不了，还是派人送我到省委和谭余保那里去吧。"

我和刘培善同意了他的意见，派黄炳光、李森启带1个侦察班，将陈毅护送到谭余保那里去了。

在离开九陇山的时候，陈毅对我和刘培善说："暂时不要出去打仗了。"

"那不能听你的，我们只听省委和谭余保的命令。"我们没好气地说。

陈毅同志走后，我们焦急地等待着消息。两三天过去了，没有音信。刘培善和我商量决定，带一个精干的小分队去茶陵高陇镇袭击那里的保安队，以试探国民党有什么反应，陈毅的话是真是假。

茶陵是我和刘培善的家乡。当队伍途经我家门时，正巧碰上了1932年杀害我父亲的两个土豪劣绅。这俩家伙一贯鱼肉乡里，群众对他们深恶痛绝。为报仇雪恨，根据群众的要求，游击队将这俩家伙处决了。随即，我们袭击了高陇区公所，歼敌70余人，缴枪100余支。但不幸的是二连长邱仁标在战斗中牺牲了。这一次，我们还一口气攻下了腰陂镇。回到九陇山不久，就接到了谭余保派人送来的亲笔信，指示我们立即停止行动，准备下山集中。这时我们才明白形势真的变了。

湘东南大队的游击生活*

罗维道

　　1934 年 10 月中旬，在国民党军的重兵"清剿"下，湘赣省委和军区率领机关及独立五团从永新牛田转移。于月底到达安福县的泰山根据地，与独立三团和莲安萍中心县委会合。我们到泰山不久，萍乡保安四团便向泰山根据地进攻，经我们和独立三团的英勇反击，将敌打败，但部队实力暴露，机关和部队只得撤离泰山根据地，转移到长源头一带山区。在这里，又遭到国民党军的袭击，战斗失利。省党政军机关率领独立三团、五团被迫再次进行转移。

　　这时，从中央苏区突围的江西军区一分区 200 余人，来到湘赣边区，后称为"宜乐连"，被省委编入独立五团一营。当时全团有一千五六百人，我们一营将近 500 人。部队编好后，我们在安福、莲花边界的五里山一带活动。2 月

---

　　* 本文原标题为《湘赣边三年游击斗争散记》，收录时做了适当修改。

初，当部队到达虎头岭时，遭到莲花保安十团、萍乡保安四团和莲花义勇队的袭击。战斗一开始，敌人便抢占制高点。我们在彭司令员的指挥下，英勇地进行还击，当时正好刮起了大风，我们在敌人占据的山下放了一把火，就这样，风助火势，火借风威，使敌人顿时乱了阵脚。我们便趁机发起攻击，夺取了敌人占领的制高点，将敌人压下了山。接着，部队便乘胜追击，将敌打垮。这次战斗，我们消灭了敌人1个大队，缴获长短枪四五十支。但是我们伤亡也比较大，军区司令员彭辉明同志在战斗中不幸牺牲了。

虎头岭一仗，暴露了我们武装力量的实力，再次招来了湘赣边的国民党军从四面八方对武功山、柑子山一带进行包围、"清剿"。为了跳出敌人的重围，省委决定独立五团前往湘南与蔡会文部联系。

1935年4月，我们从柑子山出发，日夜兼程，先后到了桂东、桂阳、沟口、黄石沟等地。沿途高山峻岭，荆棘丛生，行军十分困难，不少同志脚烂了，只好用树叶包上，挂着木棍，一步一颤地前进，大家吃的是野菜、野果，穿的是难以御寒的破单衣裤。在这样饥寒交迫的环境下，还常遭到国民党军的进攻，部队减员严重，有的战死，有的饿死，有的经不起这种恶劣环境的考验逃离革命队伍。甚至还有的叛变革命，投靠了国民党政府，成了革命的罪人。

部队在湘南活动了一段时间，也没有与蔡会文部联系上，处境十分艰难。于是，便决定返回武功山区。途中，在桂东打了一仗，一营营长盛云芳在战斗中牺牲，队伍被冲散，一营只剩下100多人，又与团部失去了联系。当时，我们曾想突围到中央苏区的瑞金去，但由于没有地图，辨明不了方向，只好走原路返回武功山区。一路上，我们历经艰难，行进在崇山峻岭中，方向难辨，只凭文书在去湘南时做的记号往回走。后来文书也叛变了，我们的处境更加困难。白天，由于敌人频繁的"清剿"，无法行动，只能隐蔽在深山中；晚上，我们望着星星辨别方向前进。就这样，在山里转来转去，总转不出来。为了摆脱这种困境，尽快回到湘赣边区，我们只好请老百姓带路。但又怕老百姓外出时间长了，会被国民党保甲长怀疑，而致使老百姓吃亏。为此，我们采取经常换人的办法。这样老百姓误工不多，不易被保甲长发觉，从而才加快了行程。终于在6月初回到了柑子山。这时，我们一营由出发时的500余人，只剩下70多人。

回到柑子山后，我们便积极寻找省委。一天，在武功山的王坪遇到了原省委挺进队政委刘培善同志，他带我们见到了省委书记陈洪时。陈洪时问我们还有多少人，我告诉他有71个人。他将我们编为湘东南大队，叫我任大队长兼政委，并派了黄炳光同志任大队特派员。

湘东南大队组成后，陈洪时只给我们部队规定了以安福、萍乡边境的九陇山为中心，进行活动，但没有明确交给我们任务，这使我们全体指战员感到难办。于是，我和黄炳光再三商量，决定兵分两路，一路由我带领，到莲花县的棋盘山和攸县的柑子山、太阳山一带活动，另一路留在九陇山地区活动。我带领的 30 多人到达目的地后，一方面筹款找经济出路，解决给养问题；另一方面积极开展群众工作，联系、寻找失散人员，准备和其他部队会合起来。由于反动派的层层封锁，我们白天很少进行活动，在山上隐蔽起来，只能在晚上行动。6 月的一天晚上，天黑得伸手不见五指，又下着大雨，我们在莲花至攸县的山路上摸索着前进。在快接近一幢被烧毁的房子时，凭借雷电的闪光瞬间，发现房子的墙脚下有三个黑影。于是我们派出 1 个班去搜索，其余人员做了隐蔽。当前去搜索的战士来到墙根下时，才发现是三个人。急问他们是什么人？其中一个高个儿说："我是谭余保。"此时，我们有点喜出望外，但又不敢相信他就是我们省苏维埃政府主席谭余保。我们的战士心里想："他怎么在这儿呢？他不是带着人员去找蔡会文司令员去了吗？他是不是……"一连串的疑问马上使搜索班长警觉起来，他走上前去大喝一声："你们想当逃兵吧！"显然，谭余保早就看出我们是独立五团的了。他把挂在胸前的"中华湘赣省苏维埃政府"的铜质大方印亮给我们看。这时，他哭了，我们也哭了。他流着眼泪向我们诉说了"部队被打散，根据地也被敌占领，战友们抛尸露骨于青山野岭"等悲愤之情。

此后，我们部队又在攸县活动了一段时间。这里也是老区，地方党团组织强，群众基础也很好，他们对红军有着深厚的感情。总是冒着生命危险，给我们送粮食，送油、盐、药品，提供情报，当向导。当我们遇上险情、遭敌逮捕的时候，群众便挺身而出，竭尽全力，来保护我们。上了年纪的，就把我们的战士认作"儿子"，年轻妇女把我们的战士认作自己的"丈夫"。

随着敌人的频繁"清剿"，我们的生活越来越困难。山上的房屋被敌人烧掉了，群众全被迁到山外，连进山砍柴，都要被地方保甲长细细查问。在这样十分艰难困苦的日子里，我们的红军战士饿了，便采点野菜和竹笋充饥。有时怕生火暴露目标，野菜也只能吃生的。艰苦的斗争环境，对我们来讲也是严峻考验。大多数红军战士挺过来了，但也有的意志不坚定，脱离了革命队伍，有的甚至投敌叛变了。独立第五团政委谭富英、湘赣省保卫局长刘发云等人，都先后投靠了敌人，成了可耻的叛徒。特别严重的是，1935年6月，时任湘赣省委书记、军区政委，当时湘赣边区的最高领导人陈洪时的叛变，给湘赣边区造成了极坏的影响。

陈洪时叛变后，净干出卖革命的罪恶活动，亲自带着保安队搜山，"追剿"红军。并到处张贴反动标语和散发反动传单，企图瓦解红军的斗志。由于陈洪时"剿共"有功，不久便当上了国民党湘赣边上校招抚员。

陈洪时的叛变，使湘赣边界的情况更紧张了。国民党军硬的、软的、明的、暗的不断地向我们袭来，我们的处境变得越来越困难。在红军内部，不少干部、战士心里都在考虑着今后向何处去的问题，部队一时出现混乱。但是这紧张情况的出现，也使许多革命同志的意志更加坚强了。

为了揭露和批判陈洪时叛变投敌的罪恶活动，安定部队的情绪，振作红军战士的革命精神，1935 年 7 月，谭余保同志在棋盘山主持召开了棋盘山会议。

会后，形势开始好转。我们由注意隐蔽，保存实力开始转向分散游击，秘密深入农村，宣传发动群众，分化瓦解敌人并灵活机动地打击敌人。首先，对山区里最坏的保甲长和极力从事反革命活动的叛徒进行镇压。我们在攸县的黄土岭、网岭、新市一带开辟游击区时，我们大队在李发姑、冯秋姑的配合下，在攸县附近的一个村子里，抓获了敌人军事机关一个叫罗根元的侦探。这个家伙坏透了，他手下有四五个得力的武装走狗，配的都是短枪，分散在各地活动，并操纵着当地的"挨户团""守望队""清共委员会"等反动组织，杀了我们不少同志。还在我们游击队出入的要道口，设下了各种圈套。例如，把道路两旁的草打上结，或用细线拴住。游击队夜晚行动，要是把细线闯断了，草结踢散了，他就马上领着保安团队跟踪追来，给游击队的活动造成了很大的困难。当时，我们下决心要拔掉这颗钉子，但这家伙出没无常，行踪不定。我们经过研究，制订了一个里应外合活捉罗根元的方案，决定让李发姑和冯秋姑化装先到罗根元家侦察情况，做内应。游击队则埋伏在罗家周围，待罗根元回家，发姑、秋姑便马上发出信号，我们即冲进去将他擒住。第二天下午部队便出发了，按照布置，发姑和秋姑扮作商人的女儿，先闯进罗根元家歇脚，"讨"水解渴。当罗根元回到家里后，冯秋姑便装着"拉肚子"上厕所发出信号。我们见到信号后，便马上冲进罗家屋内，用手枪对准罗根元说："不准动！我们是游击队！"这时，发姑和秋姑已一左一右地将他两只手牢牢地揪住，这个罪大恶极的刽子手终于落网了。这次还在罗根元家缴获了四五百块银圆。缴获的财物，都发给了当地的贫苦农民。

通过这次斗争，不仅打击了反动地主和敌特侦探的嚣张气焰，而且对地方上的保甲长也是一次严重警告。以后，这些保甲长老实多了，再也不敢向敌人告密了，我们的活动也就自由得多了。就这样，我们这支队伍不仅没有被敌人吃掉，相反，还一天天壮大。我们除了下山贴标语、散传单，还在黄土岭、柏树下、官田等地发展了党员，建立了地下党支部，恢复了农会、妇女会、儿童团等群众组织。

尽管那时斗争生活仍然十分艰苦，但同志们充满着革命的乐观主义精神，满怀着革命必胜的信心，我们一边打仗，一边开展地方工作。此外，我们还利用大自然这个露天课堂，在山头、在峡谷，学文化、学军事、学政治，提高干部战士的文化、军事素质和政治理论水平。

1935年8月，天气很热，我们在一个山洞里找到了几本书，还有纸票和印章，其中有《中国社会各阶级的分析》《湖南农民运动考察报告》《中国的红色政权为什么能够存在》等。书全是油印的。谭余保同志知道后，那高兴的劲儿就不用说了。他把这些书当作战士们的精神食粮，以开会的形式，组织战士们学习，亲自讲给战士们听。以后，一有空，我们就读书，并运用毛泽东同志的游击战术，避实打虚，声东击西地和敌人周旋，使湘赣边的革命斗争不断发展。

1937年，全国抗日的声浪越来越高。随着全国抗日形势的高涨，我们湘赣边的形势也越来越好。11月，我们300多游击健儿告别了崇山峻岭，接受改编。根据党中央指示，我们湘赣边的游击队编为新四军第一支队第一大队。在刘培善、段焕竞同志的带领下，奔赴抗日前线。

夜袭洲湖镇

刘　群

　　1937年3月初的一天，安福县洲湖镇地下党的同志急匆匆地来到我们红色独立团三连连部报告说："安福县县长朱孟珍到洲湖镇视察工作，布置'清剿'来了，你们能不能乘机打他一家伙，给老百姓解解恨？"我听了汇报后，觉得这确实是个好机会，真想立即喊一声"打"！但又一想，我们的对手是国民党政府的一个县长，非同一般，得向临时省委汇报才行。因此，我对那位地下党的同志说："这个情况很重要，我们正要找机会拔掉洲湖区公所这个钉子。不过，什么时候拔，怎么个拔法，得请示临时省委和游击司令部，由上级来决定。"

　　"要打！不打不行了！老百姓恨死了这群野兽！"那个同志激愤地挥动拳头说。

　　"老刘讲了，我同意他的看法。你别急，我看上级会同意打的。"这时站在一旁的连指导员郭猛同志开腔了。从他说话时那坚定灼人的目光可以看出，他的心情和我一样，巴不得立即就去拔掉这个钉子。但他看问题敏锐，考虑事情较周全。这时只听他继续说道："看来现在条件已经成熟，是该动大手术了。但是要打，还必须把镇上敌人的情况进一步摸摸清楚，情况不明，或者若明若暗，叫临时省委和游击司令部也难下决心啊！"

指导员说完后，我接着对地下党的那个同志说："这样吧，你回去后把敌人的兵力分布、武器装备等情况进一步摸清楚。"这时，郭指导员又接上说："对洲湖镇的情况还要调查调查，比如哪些人最坏，民愤最大；哪些人可以争取团结；主要打击对象有哪些，心里要有数。还有如何发动群众，配合战斗的问题。"

我说："这些情况，你们回去后尽快弄清楚，越快越好。"

送走地方党的同志后，我们马上召开了支委会，对攻打洲湖问题进行了认真的分析研究。大家都要求尽快攻打，彻底拔掉这个眼中钉，为民除害。

但洲湖镇是安福县的一个大集镇，敌人布防森严，筑有坚固的碉堡和炮楼，镇上设有区公所，驻有国民党保安团的1个中队。这个保安中队装备精良，虽说人员大都是些流氓地痞及地主豪绅的狗腿子，属乌合之众，没有什么战斗力，可思想却很反动，很顽固。这次反动官吏朱孟珍在镇上进行视察，戒备加强了，武装人数有增加。要拔掉这个钉子，还确实不是一件容易的事。

事隔一天，地方党的同志带着了解到的情况又来连部汇报了。支委认真听取了地方党同志关于敌情的汇报，然后对战前准备和作战方案进行了认真的讨论和研究。最后，郭指导员把大家讨论的情况和意见进行了整理，向临时省委写了书面报告，由刘全同志专程送到了临时省委和游击司令部。临时省委看了报告后，极为重视，立即回信指示我们再查明两个问题：一是敌保安中队的成分；二是其兵力分布情况及活动规律，并画一份洲湖镇的地形简图，要标明敌碉堡、炮楼及区公所的位置。

我们根据临时省委和游击司令部的指示，尽快地查明了敌人的情况，并按要求绘制了地图。临时省委和游击司令部接到后，迅速召开了连长、指导员会议。司令员曾开福传达了省委和司令部关于攻打洲湖镇的决定，同时做了具体部署。谭余保、刘培善同志嘱咐大家说："这次战斗非常重要，打得好不好，关系到能否发展边区的大好形势。希望同志们以顽强勇猛的战斗精神，完成好这次战斗任务。"最后，段焕竟同志交代了注意事项。他再三强调了在战斗中要注意隐蔽，注意联络，听从指挥，动作要迅猛，要发扬红军的优良传统。

会后，遵照临时省委和司令部的指示，我们从一、三、四连挑选出了 100 余人，组成了一支精干的突击队。我们三连除留下少数病员、体弱的同志外，大部分都参加了突击队。3月9日晚饭后，我们这支队伍在段焕竞、刘培善同志带领下，从安福县的七都山出发，飞奔洲湖镇。

在我们疾驰了十几公里后，天空突然下起大雨来了。下雨，虽说给我们行军带来了不少的困难，但却可以麻痹敌人，对我们是求之不得的机会。真是"天"助我也！同志们也被这场大雨鼓舞了，精神更加振奋，行军的速度反而越来越快了。

雨越下越大，崎岖的山路滑溜溜的，稍不注意，就要滑倒。战士们一个牵着一个的手，艰难地在泥泞的山路上行进着。摔倒了爬起来，草鞋掉了，就赤着脚走。80多里的路程只走了六个多小时。队伍经谷源山后直插洲湖镇，次日凌晨1点多钟即抵达了集结地。

洲湖镇周围有一丈多高的土围墙，围墙外边有一条护城河，围墙的四个角上各建了一个大碉堡。镇上有一条不长的街道，区公所就设在街东头一家地主的大院子里。保安中队派了1个分队在这里把守。

我们到达集结地后，乘着风雨交加，雷声隆隆，先派去一个前卫班，以敏捷的动作越过护城河，然后架起云梯，翻过围墙，神不知鬼不觉地摸掉了敌人哨兵，打开了围墙的大门。随即，战士们有的手握大刀，有的端着步枪，悄悄地进入了洲湖镇。

按照预定计划，突击队分成两路同时行动。刘培善带着一、四连的人员迅速分割包围了四个碉堡里的敌人；段焕竞带着我们三连的人员负责解决区公所的敌人。当我们来到区公所时，门口的两个哨兵正缩在门廊里，无精打采地张望着黑洞洞的天空，对我们的突然"光临"，丝毫没有觉察。说时迟，那时快，我们上去的几个战士"嚓嚓"几刀，就结果了这两个家伙。接着，段焕竞带着我们冲进了区公所，保安队的官兵这时还在睡大觉，一个个被我们从梦中拉起来当了俘虏。其中有几个家伙见红军游击队来了，慌忙开枪反抗，还想夺路逃跑。战士们手起刀落，给了这几个家伙应有的下场。那些平日作威作福的反动官僚，这时更是吓得屁滚尿流，丑态百出，钻在床底下的，跪下求饶的，什么样子都有。由于镇上枪声大作，街上的群众知道红军来了，纷纷打着火把，喊着口号前来助威。战斗进行了一个多小时，全歼了该镇守敌。缴获长短枪40余支、轻机枪2挺、子弹数箱。在俘虏中，我们揪出了杀人不眨眼的安福县县长朱孟珍和保安中队队长。根据群众的强烈要求，当场处决了，并在镇上张贴了布告，警告敌人如再敢鱼肉人民，继续作恶，定将遭到同样的下场。其余俘虏经过教育，全部释放。从区公所没收的粮食（除留少部分军用外）、衣物和家具分给了在场的群众。群众热烈欢呼：红军回来了！红军为民除害啦！在欢呼声中，刘培善同志讲了话。他说："我们是共产党、毛委员领导的红军，是全心全意为人民服务的工农子弟兵，我们永远和你们战斗在一起，为彻底打败蒋介石反动派，解放全中国而奋斗！"

旭日东升，朝霞满天。我们的游击健儿满怀胜利的喜悦，扛着缴获的武器弹药，背着没收的粮食离开了洲湖镇。

洲湖战斗后，游击队声威大振，敌人惊恐万状，国民党安福县政府急电江西省政府，声称"千余共匪，进攻安福，县长殉难"。

在攸醴萍地区打游击[*]

王萱春

1935 年 7 月，棋盘山会议后，湘赣临时省委将湘赣军区独立五团三营和独立四团，组成湘赣游击司令部第三大队，大队长姓钟，政委是林绍甫。我们大队下有两个分队，分别由邱仁标和我任分队长。

1935 年 9 月，我们三大队按照临时省委的部署，进入攸醴萍地区的太平山一带。主要是配合党的地下工作者，恢复和重建党的地下组织，建立游击根据地，为部队筹集粮款。由于几个月前陈洪时就是在太平山一带叛变投敌的，这里的党组织遭到严重破坏，干部和群众蒙受了极大的摧残，幸存的党员隐蔽起来了，群众的情绪十分低落。因此我们在这里只能是白天待在山上隐蔽，晚上分成几个游击小组下山活动。

---

[*] 本文原标题为《难忘的湘赣边三年游击战争》，收录时做了适当修改。

国民党军以为湘赣边红军已被肃清，正规部队也先后撤离了，但各县区的保安队、"铲共义勇队"等反动武装，经常出来骚扰群众，无恶不作。我们要展开工作，就必须先打击这些国民党地方武装的嚣张气焰，使人民群众消除后顾之忧。有一次，我们伏击了萍乡县中村的一个保安队，当众处决了一个民愤较大的保长。这次行动，有力地打击了敌人，使这一带的保安队不敢轻易出来活动，那些保长、甲长也老实多了，一般不敢公开与我们作对。我们每到一地活动，那里的保、甲长都是等我们离开后才去报告。我们抓住有利时机，积极开展宣传工作，揭露陈洪时叛变投敌的罪恶行径，表明红军是不会被消灭的，党的组织还在，红军游击队还在坚持斗争，以鼓舞人民群众的斗志。通过我们的工作，群众又发动起来了。有了群众的支持和配合，我们的行动就方便多了。在萍乡县的东桥和攸县一带，我们接连打了几次土豪，筹集到一批钱款，改善了部队的给养，还做了一批准备过冬的棉衣。同时，部队还与地方同志一起，恢复和重建了以尹德光为书记、段积光为副书记的攸醴萍地下党组织。就这样，我们逐步站稳了脚跟。

有一次，攸县一个土豪没有按时将钱款送来，为了打击敌人的气焰，我们把他杀了。过了一个月，部队又折回这一带活动。不料部队中有一个人叛变了，知道我们的行动，便带领敌人一个保安队 50 多人前来偷袭我们。那天晚上，我们正在一个棚子里宿营，敌人就摸上来了。双方接火后，我们边打边退，我带几个同志在后面掩护，敌人子弹打穿了我的右手，幸好其他同志没什么损失。负伤后，我留在大平山上一个锯木板老表的小棚子里养伤。那时，县委段积光同志正带着一个游击小组在那一带活动。胡广秀和一个叫慧英的女同志，每天给我送饭，并搞些草药给我敷伤口。住了10天左右，伤口稍有好转，我就通过省委交通员，返回了部队。

1936年初，部队奉省委指示，进行了第二次整编。将部队扩编为4个游击大队。我们三大队撤销，林绍甫、邱仁标带第一分队充实到二大队，我们三分队的同志编入一大队。段焕竞兼一大队大队长，刘培善兼政委，刘别生任副政委，我任副大队长。

1936年4月，为了扩大和发展武功山游击根据地，省委指示我们一大队由段焕竞、刘培善同志带领深入武功山地区开展活动，并指挥三、四大队，配合萍宜安（萍乡、宜春、安福）中心县委开展地下工作。萍宜安中心县委管辖地区较大，东西约100公里，南北50余公里，中间除有一条安福至莲花的公路外，都是茂密的森林。这里原来是苏区，群众基础好，又有较大的回旋余地，是开展游击战争的好地方。

部队到达明月山地区与萍宜安中心县委会合后，听取了武功山地区的敌情报告，在地方党的配合下，我们一大队首先摧毁了安福县的严台、烟竹的敌碉堡，歼敌十余人，缴枪十多支，开辟了以安福县罗家屋为中心（包括宜春县的荡溪、安福县的留田、严台等地）的游击根据地。当时我们不住在群众家里，就在罗家屋对面的山上搭了一些茅草棚作为营房。罗家屋一带的群众经常给我们提供粮食、药品和各方面的情报。在群众的帮助下，我们先后摧毁了宜春县的涧富岭、安福县的七里坑、双田等地的敌碉堡，建立了从七里坑到明月山一大片游击根据地，并在罗家屋的壶丘、江日、七都山一带先后建立了几个党支部。

6月下旬，在地方党组织的配合下，一、四大队从罗家屋出发，经过50多公里的夜行军，奇袭吉安县敌人的油田区公所及一个保安中队。区公所和保安中队驻在一个很大的祠堂内，祠堂的墙上都挖了枪眼，大门用砖石堵着，上面还设了一个岗哨。部队凌晨3点赶到，将祠堂团团围住，并当即发起进攻。一大队攻打正门，四大队攻打后侧。我们搭起人梯，翻过围墙，冲进敌人睡觉的房间，缴了他们的枪。经过一个多小时的战斗，将敌40余人全部歼灭，缴长枪30多支，短枪5支，还有军服、粮食等物品。我军无一人伤亡。战斗结束时天已发亮，我们对俘虏进行了教育，除了击毙几个顽固者外，其他的全部当场释放。

在我们返回的路上，一大队前卫人员穿上刚缴获的国民党军装，化装成吉安保安队，当走到安福县陂头村时，遇见驻村的一保安分队正准备吃早饭，我前卫人员大摇大摆地走进村子，敌人见到我们，还问我们从哪里来。我们说是从吉安来的，协助他们"剿匪"，要见他们的队长。一进屋子，就见十来支步枪靠在墙上，我们立即将枪缴下。一枪未放，就解决了这支保安队。

9月底，我们一大队还攻打了宜春县山背区的敌碉堡。碉堡里驻守着敌军1个班，外面修筑了工事，不容易攻打。我们就用火攻，先集中火力封锁碉堡的枪眼，不让敌人还击，然后派人爬过工事，把捆扎好的竹片子靠在碉堡的木门上，里面还包上辣椒，用火点燃后，大火烧起来又呛又辣。敌人忍不住只得跳下碉堡，全被我们活捉，碉堡也被熊熊大火烧毁了。这一系列的活动，锻炼了部队，增强了战斗力，也有力地打击了敌人的嚣张气焰。

1936年12月，谭余保等领导同志在安福县的三江村召开了大队长、政委以上干部会议。根据当时形势发展的需要，决定将湘赣边游击队改编成为湘赣红色独立团，段焕竞同志任团长，刘培善同志任政委。原来4个大队均改为连，我被任命为四连连长。

1937年1月，我们四连奉省委指示，到安福县与分宜县交界的赤谷、涧富岭一带山区活动。这里村庄较少，有一座大岗山，海拔1000多米，山顶上有座大庙，住着五六个和尚，平日很少有人来。我们在离大庙约5公里的地方搭了竹棚做营地。把大庙作为联络点，限令附近的土豪将钱款、粮食、布匹、药品，甚至子弹等送到大庙里。我们派人去联系，取回东西，有时也派几个战士在庙里住一两天。庙里的和尚起初很害怕，后来见我们不仅不伤害他们，有时还送他们一点当时非常紧缺的食盐，因而对我们也比较友好。

2月，我们攻打了分宜县松山地区的伪区公所，缴枪十余支。还到彬江、新坊一带打了几次土豪，在赤谷地区建立了党的地下组织。我们四连在这一带活动了两个来月，圆满地完成了任务。

艰苦的寻找[*]

朱云谦

1934 年底，湘赣省委书记兼湘赣军区政委陈洪时（后叛变投敌）决定放弃湘赣最后一块根据地——太山根据地，错误地指挥湘赣军区三团和五团集中向国民党统治的湖南攸县转移。

1935 年春节，我们三团和五团来到了攸县一个名叫柏树下的地方。这是国民党统治区，我们既没有后方，又得不到群众的支持。部队仍然集中活动，供应困难。同时目标大，很快就把敌人吸引过来。经常是战斗一打响，敌人从四面八方而来，遭到强大敌人的围追堵截。春节后的两个月，我们只能在茶陵、攸县、莲花之间的山区内转圈子，可以说是天天打仗，天天转移，天天饿肚子。

不久进入了雨季。连续几个月几乎天天落雨，难得有个

* 本文节选自《我在湘赣三年游击战争中的经历与回顾》，收录时做了适当修改。

晴天。山上云雾茫茫，地下雨水横流。我们行军没有雨具，宿营没有房子，衣服经常是湿的，脚板天天泡在水里，不少同志脚趾都泡烂了。吃饭是冷一顿、热一顿，饥一顿、饱一顿，不少人生了病，瘦得皮包骨头。整个部队疲劳不堪，减员很多。4月间，统一指挥两个团的谭富英带领五团的一个机枪连，在攸县叛变投敌。部队遭受很大的损失以后，五团转移到湘南的桂东一带，三团留在攸县的柑子山、大坪和上下坪一带，常常遭到强敌的围攻。在5月的一次战斗中，终于被敌人打散了。团的领导干部各带了少数人突出重围，彼此失去了联系。

作为团部书记，战斗中我紧紧跟着三团参谋长胡铭全。这位井冈山斗争时期参军的老同志，在三团被打散后，以二连为基础，收拢了几十名干部战士，在攸县的上下坪地区，天天同穷追不舍的敌人斗争。我们想摆脱敌人，每天且战且走。经过20多天，几十个人最后只剩下八个人，即我和胡参谋长、二连连长、一名参谋和三名通信员，还有一名旧军人出身的"教官"。几天后，这位"教官"不辞而别，逃跑了。

在将近一个月的时间内，我们七个人过着昼伏夜行、风餐露宿的生活。白天藏在山上，隐蔽在树林、草丛或岩石缝里，用一把纸伞或一块油布，遮蔽着阳光和雨水，躺下来休息；用搪瓷茶缸煮点稀粥喝，胡乱填填肚子。到了夜间才悄悄下山，找那些估计没有敌人驻扎的单家独户或仅有两三户人家的小山村，探听一下敌军的动向和红军的踪迹，同时搞一点食物。开始，我们手头还有几块银圆，可以向老百姓买东西吃，后来银圆花光了，就向老百姓讨饭吃。茶攸莲山区受过秋收起义的影响，一度是苏区，群众对红军是有感情的，尽管我们没有钱，他们也愿意将仅有的一点食物送给我们充饥。可是，经过敌人的反复"清剿"，群众不仅粮食所剩无几，生活难以自给，而且因为敌人常常假装红军欺骗群众，使群众见了真红军也不敢轻易接近。

一天夜间，我去敲一户老乡的门。户主是湖南湘乡人，以砍伐毛竹造土纸为生，在山区安了家。我们事先了解他是好人，附近又没有敌人，才去敲他的门。可他明明听到敲门声也不开，我忍不住告诉他："我们是红军呀！"他在屋里应声答道："你红军也好，白军也好，就是老百姓不得了哟！"说得我哭笑不得。

那时候，我们多么渴望找到上级呀！连睡觉做梦也梦到同红军大部队相会，梦见那些共同战斗过的战友。同党组织和上级失去了联系，真是比孩子离开了爹娘还难受。可是，党组织在哪里？上级在哪里？从敌人到处疯狂搜山的行动来判断，我们的队伍显然已经分散隐蔽。我们七个人都有这样的信心：终有一天会同战友们相逢。不料，也就在大家渴望回到上级身边的时候，我们看到了国民党散发的关于陈洪时叛变的传单。这个消息使我们受到很大的震动。大家惊讶、气愤，忍不住对陈洪时高声咒骂。从国民党要红军投降的花言巧语之中，我们也看出红军还有力量，革命的烈火还在燃烧，跟着陈洪时叛变的只是极少数人。我们同艰苦、共患难的七个同志，不分干部战士，不分级别高低，一起反复讨论今后的活动办法。大家都肯定，省委还有人，军区也有人，应当赶快去找他们。

8月初，我们到了攸县上下坪一个名叫芭蕉坑的小村庄附近。白天，我们隐蔽在山上仔细观察。看清楚附近没有敌人出入。黄昏时分，胡参谋长叫我留在山上，他和那五位同志下山到小村庄里看看。

我独自留在山腰，藏在农民看守玉米防野猪的草棚里。夜色越来越浓，周围越来越静，我觉得时间过得真慢。山下没有枪声，显然他们没有遇到敌人，可能情况正常……我正在猜想，突然一阵脚步声，通信员叶凤开气喘吁吁跑上来说："遇到红军啦，你快下来吧！"我高兴得一下子跳起来！两个多月来的愁闷、焦虑一扫而空，连忙跟着叶凤开下山。看到30多名红军战友，我忙着同他们握手问好，喜悦的心情实在是无法表达。

这支红军的负责人告诉我们："陈洪时叛变后，湘赣省苏维埃主席谭余保同志在棋盘山召开了会议，建立了新的领导机构，成立了游击司令部，继续坚持对敌斗争。咱们这支队伍是第二游击大队，你们就编入我们二大队吧……"从此，我就成了二大队的一员。

战斗在山岳丛林

卢文新

1934年底，我们江西第一分区的武装近20人，在武功山找到了湘赣省委，编入湘赣军区第五团。1935年2月的几次战斗中，我们的战士奋勇杀敌，子弹、手榴弹都打光了，为了保存革命力量，省委被迫决定适当分兵，令我们独立五团转移到湘南去，再与红六军团会合。

1935年4月，五团离开湘赣边的莲花县，踏上了挺进湘南与红六军团会合的征途。当时，我是团部青年干事，跟总支书记随第一营行动。

在柑子山休整的一天夜晚，天空黑沉沉的，眼看一场暴风雨就要来了，这正是我们行动的好机会。邱连长和我带着部队下山转移，谁知刚走出山口，就进入了敌人的埋伏圈。敌人的机枪顿时狂叫起来，手榴弹在我们周围猛烈爆炸，幸好天很黑，敌人看不清我们，没有派部队下来攻击，我们才得以脱离虎口，回到丛林里隐蔽起来。

可是第二天清早敌人又发现了我们，一大群一大群的敌兵，像虾公一样弯着腰往山上冲。我们依据有利地形，居高临下，集中火力狠狠地把敌人揍了一顿。而后，就分散钻进深山密林里了。我右腹部中弹负伤，和司号员赖其才、通信员方小明等七个人一起撤出战斗。他们帮我背枪，搀扶着我快速躲开了跟踪的敌人，进入了一个丛林。小方在前面探路，快到傍晚时，在一个斜坡上找到了一个岩洞，洞口有树木和杂草，猫着腰进去，洞黑乎乎的，但还是比较宽敞的，倒是个藏身的好地方。我们进得洞来靠着石壁坐了下来，喘了口气，先休息一下。大家又累又饿，我的伤口还不停地流着血。一个战士摸到洞外面，找来点草药，帮我糊住伤口，缠上绷带。我忍住疼痛，轻声地告诉小赖要轮流警戒好，自己一会儿就迷迷糊糊睡着了。

"弟兄们，抓到了活的有奖……"

"我看到你们啦！再不出来就要开枪了！"

睡梦中，我们被一阵吆喝声、枪声惊醒了。这时天已大亮，敌人又开始搜山"清剿"了。这样折腾了好几天，我们出不去，伤口的疼痛，饥饿的折磨，真是难以忍受。除了警戒的同志外，战友们都躺倒在洞里，搂着手中的武器，静静地闭着眼睛，不时发出低沉的鼾声。

这天，没有再听到枪声和吆喝声了，敌人已撤走。傍晚，赖其才弯着腰小心翼翼地走出洞口，摸到一条深山沟里，挖了一大把野菜回来给大家吃，我边吃边和同志们商量下一步怎么办。我说，洞里虽然安全，但不能久留，还是要尽快找到部队才好。战士黄兴元提议说："转到老区太阳山去吧！"同志们一致同意。于是，战友们扶着我，走了几个晚上，终于走到了我们盼望已久的老区——太阳山。

啊！太阳山，我们是多么希望能在这里找到省委，找到同志们！但是，这里的情况我们眼下还一无所知，只能隐蔽起来悄悄地观察，搞清楚后再做下一步决定。几天过去了，我的伤口慢慢愈合。因为几天来没有吃一粒米饭，实在饿得慌，大家要求下山搞粮食。一个战士说："离这 15 里有个大地主，粮食多得是，那地方我熟……"一场热烈的讨论之后，我同意了。这天傍晚我们顺着羊肠小道下山，走了两个多小时就到达了目的地。我们把那个地主的房子包围起来，布置好了警戒，通信员小方和徐大个子跟着我冲了进去。

屋里静悄悄的，大部分房间的门挂着锁。我们搜索了一阵子，见有一间房子的门缝里透出来一线灯光，徐大个子飞起一脚把房门踢开。

"不准动！敢叫喊就毙了你！"小方举着枪对准一个正愣在房间中央的 40 多岁的家伙喝道。

"饶命啊！我不是管家的啊！"那人见我们是红军游击队，吓得全身哆嗦，赶忙下跪求饶。

"管家的到哪里去了? 屋里还有什么人?"

"管家的到那边炮楼里过夜去了，只留下我看家。"

听说屋里只有一个人，我放心了，但考虑主要是搞粮食，不能在屋里久留，便直截了当地提出叫那人做饭装粮。

那人哆嗦着说："是，是，我就去！"

听到不杀他，那家伙再也没有开始那般紧张样了，很快给我们背来了三大袋米，还给我们煮了饭吃。末了，还嬉皮笑脸地对徐大个耳语些什么……

吃饱了，粮食也到手了，按说该走了，没想到徐大个竟中了那家伙的诡计，跑去猪栏抓猪。原来那家伙是地主的忠实狗腿子，他故意把猪放跑了，又假献殷勤帮着找猪。拿着火把追到门外"啰！啰！啰！"地大声叫起猪来。我一看这情形就知道糟了，粮食也来不及背，赶忙命大家往后山撤退。果然，没走出多远敌人就把我们围上了。

"站住！不许动！""抓活的！""不准开枪！跑不了啦！"山谷里到处是敌人的吆喝声。

在敌人包围和夹击下，我们边打边找退路，最后退到了一个断崖绝壁上，往下一瞧，黑咕隆咚，也不知道有多深。"难道革命就此到头了？"我脑子里立即闪出和敌人拼死的念头。但转念一想："不，不能，我们红军战士是革命的火种，我们还要继续战斗，不能和敌人硬拼。"

我心一横，喊了一声："同志们，跳下去！"就带头闭起眼睛纵身一跳，只觉得身子在顺着崖壁往下滚，滚到崖底时，睁开了眼睛，什么也看不见，浑身疼痛，伸了伸手脚，还听使唤。原来崖底全是人高的野草，我只是被尖石、树枝划破了点皮肉，痛得难受。接着，连续听到"扑通扑通"

的几声，我知道同志们也都跳下来了。

敌人毕竟是怕死鬼，明知我们跳下了沟，就是不敢跟着往下跳，只在上面胡乱打了一阵枪，吓唬了一阵，并没有再采取什么行动，一会儿就再也没有什么动静了。

夜幕笼罩，四周一片宁静。我想呼喊同志们，又怕敌人还有埋伏，只好独自在沟里摸索着，很快找到了赖其才、方小明和一个战士。他们和我一样，也只受了点轻伤。眼看就要天亮了，我们四个人顺着沟往山里走，走到一个小石洞里隐蔽下来。到了傍晚时，才下山转移。刚一下山，就发现左侧山沟里有人往外走。他们大概认出了我们，撒开腿朝我们飞跑过来。不一会儿，失散的另外两名战士也从旁边的一条沟里跑了出来，他们都没有负重伤，只是划破了一些皮肉。

七个人又聚集在一起了，真是绝处逢生啊！我们赶紧开了个小会，决定连夜撤出太阳山。往前走了好长一段路，来到了一个小村子附近。

"村里有人！"走在前面的一个战士发出了信号。我们以为又碰到敌人了，随即找个土坎蹲下来，十几只眼睛睁得大大的，仔细观察着村子里的动静。

"支书，你看，村头有两个人转来转去，好像是警戒哨。"

"不会是敌人吧！你看，哨兵警戒的方向是大路口，不大注意山间小道……"

"如果是敌人，村子里不会这样安静……"

战士们细声细语地帮我分析、判断着情况，我足足考虑了十几分钟，才拿定主意：一面命令大家做好战斗准备，一面向对方发出"吱吱吱"的口哨声，完了又击了几下手掌。对方听到我们发出的是游击队通常用以联络的信号后，也用同样的信号做回答。我还是有点放心不下，一面做准备，一面喊话，问对方带队的是谁，回答是尹清同志。

"自己人！"我高兴地叫了起来。

进了村子后，看见了原独立五团八连指导员尹清同志，我激动得和他拥抱起来。尹清同志告诉我，他带的几十人，也是独立五团在湘南被冲散以后，又陆续会集起来的。我们会合后，重新编成 3 个分队，任命我担任三分队分队长。

不久，我们接到湘赣临时省委的指示，这支队伍改编为湘赣边游击队第二大队。

艰苦的生活，顽强的斗志

彭嘉珠

1934 年 8 月，留在苏区领导游击斗争的湘赣苏区省委和军区，从泰和县的碧江洲转移到了永新县的牛田圩。这时形势非常紧张，国民党反动派在"追剿"西征主力红军的同时，又派重兵对湘鄂赣苏区进行疯狂的"围剿"。苏区大部分失守了，原来连成一片的根据地，被分割成无法联系的十几小块，我们面临着被分别剿灭的危险。

10 月中旬，为了坚持斗争，配合主力红军西征，湘赣省委率领五团向武功山转移，与莲安萍中心县委及独立三团会合。为加强这一地区游击战争和根据地的领导，省委决定在原莲（花）安（福）萍（乡）中心县委的基础上，成立莲安萍特委，调省保卫局长刘发云任特委书记，谭汤池同志接任省保卫局局长。我被调去当谭汤池同志的警卫员。

敌人为了彻底消灭我们，以 2 个师为主力，配合湘赣两省保安团、队，向我们发起了疯狂的"围剿"。在城关市镇、交通要道、大村庄、小山头，到处筑乌龟壳，设据点，布下了层层的封锁线，搞所谓"步步为营""干塘捉鱼"，意欲通过分割、围困，把我们的力量清除干净。

在经济上，敌人对我们实行严密的封锁，严格控制圩场买卖，规定按人口限量购买粮食、油盐及日用品，否则以"济匪"论处。

在政治上，敌人提出"三分军事，七分政治"，采取"隔离政策""瓦解政策"，企图切断我们和人民群众的血肉联系，达到孤立、困死、饿死我们的目的。

在这样的情况下，我们买不到东西，搞不到粮食，生活十分艰苦。严寒、饥饿、疾病和敌人的疯狂进攻，严重地威胁着我们，战斗与非战斗减员越来越多；特别是还有可耻的叛徒，他们不仅向敌人提供了我们的情况，而且带着敌人到处前追后堵，搜捕我们。

战斗十分残酷、频繁，往往一天要转移好几个地方，打好几次仗，稍有疏忽，就有可能遭到包围袭击。行军走路，要特别小心，凡是走过的地方，必须把踩倒的树枝小草一根根地扶起来，下雨过桥，都要将桥上的泥巴清洗干净，下雪踩的脚印要用树枝扫平，以防止敌人跟踪追击。在武器弹药奇缺而又无法补充的情况下，同志们子弹打光了，就用石头、棍棒拼。

1935年7月，谭余保等领导召开棋盘山会议后，成立了湘赣临时省委。新的省委根据敌强我弱的情况，决定采取新的斗争策略，不同敌人死打硬拼，采取了发动群众、团结群众、壮大力量、发展党员、建立党的组织、建立根据地、开展灵活机动的游击战等新的斗争策略。

从此，我们白天在山上隐蔽，学习军事、政治和文化，晚上从省委负责同志到党政军所有同志，都下山做群众工作。经过一年多的艰苦工作，局面逐渐打开了，农村秘密地建立了党的组织，青年团、农会、妇女会等群众组织也恢复起来了，他们拿出埋在地下的长矛、土枪，和反动派、封建恶霸展开了斗争。这就为我们的生存和发展提供了有利的条件。

和红军游击队唇齿相依的人民群众，冒着生命危险，利用一切可能的机会，秘密地给我们送粮食、送情报，帮买油盐、蔬菜和日用品及药材。他们有时把东西放在鱼篓里，送到秘密联络点；有时乘耕作之机，将节衣缩食省下来的物品，偷偷地给我们留下。湘赣边区的群众不但养育了我们，而且在生死关头支援了我们。他们经常不顾个人安危向我们报告敌人的情报和动向，他们热情地为我们部队带路，当向导，他们积极地为我们掩护伤病员，主动采草药为我们治疗伤病员。为了支援革命，他们不惜牺牲自己的生命。

为了更广泛地发动群众，扩大政治影响，提高部队战斗力，省委决定积极开展游击战争。我们在地方党组织和群众的配合下，利用武功山的有利地形，与敌人展开了小规模的、隐蔽的、分散的、群众性的游击战。

根据敌人一般拂晓出来"清剿",黄昏返回的特点,我们针锋相对,通常夜间出击,拂晓而归。

有一次,省教导队在各队抽调了几十名同志作为骨干培训,其中有王水生、叶风开等,他们在学习游击战术的时候,听闻熊式辉派往莲花的一个别动队共12人,进山来征税,教导队就采取打埋伏的办法,狠狠揍了敌人一下。这次战斗,只用了一二十分钟,打完就走。

后来,形势好转,我们便主动出击。1936年6月,段焕竞、刘培善率领我们奔袭了吉安县油田镇,以突然的行动,干净利落地消灭敌人1个中队。

1937年3月的一个晚上,团长段焕竞、政委刘培善同志又率领我们冒雨夜袭安福县洲湖镇,这一仗打得漂亮极了,砸烂了国民党区公所,枪毙了血债累累的敌县长朱孟珍和反动保安队中队长欧阳根,缴获了长短枪30余支。我们将没收的粮食、衣服等物资,全部分给穷苦百姓。群众含着眼泪激动地说:"红军又回来了!红军为民除害了!"

这样一打,影响扩大了,斗争也更加尖锐起来。敌人为了剿灭红军游击队,又集中了地主武装和保安队大举向我们进攻。为了寻找我们,他们总结了三条,"听响动""看烟火""跟脚迹"。我们也随机应变,采取各种新的斗争方法。比如走路,由于敌人常在交通路口伏击,我们由大路改走小路;以后敌人改为小路设埋伏,我们就改走没有路的地方,或沿着溪水走。我们以灵活机动的游击战术,使敌人根本摸不着头脑。

那时，虽然环境十分艰苦，缺吃少穿，但同志们相亲相爱，互相帮助，战斗的友谊、共同的信念把我们紧紧地连在一起，有时弄到一点吃的，大家总是你推我让，先送到伤病员嘴边。一支烟、一碗饭，大家一人一口；几颗黄豆，大家一人一颗。有的同志生病了，战友们抢着为他扛枪背包。不能行走，同志们拼命也要抬着自己的战友前进。同志们争着把困苦留给自己，把生存的希望留给亲爱的战友。我们二大队的李必明同志，每次背米总是背得最多，每次行军，不是当尖兵就是打后卫，打起仗来，总是冲锋在前，退却在后。

那时，医疗条件很差，药品缺乏，负了重伤的同志，从不喊叫一声。一次，三大队的曾旦生同志一只胳膊上两处挂花，上肘部被打穿骨折了，手指骨也打断了，当时既无医院，又无破伤风针和麻醉药品，医疗器械更谈不上。医务员马慧明同志用一把剪子，将曾旦生同志感染后化脓溃烂的指头剪掉，包扎起来，就安排在临时搭起的棚子里休养。那时一个医生不仅要为伤病员打针、换药、治疗，还要下山背米，做群众工作，给伤病员做饭。除此之外，还要站岗、放哨，保卫伤病员的安全，直到伤病员痊愈归队。

在艰苦的斗争面前，首长们对战士更是加倍关怀和爱护。1935年春的一天，我从省委保卫局调到挺进队担任特派员。当时我对这个工作有些胆怯，挺进队政委刘培善同志亲切地鼓励我说："你要大胆地工作，不要害怕，有问题我承担。"尽管后来我调到二大队工作，但我们还是常常见面。每次见面，刘政委总是亲切地嘘寒问暖，他关心爱护同志和坚韧不拔的革命精神，使我永远不能忘记。

1936 年底，随着情况的好转，我们的游击根据地扩大了，缴获来的枪支弹药增多了，游击队也壮大起来了！

我们不仅可以白天活动，而且在山上还住上了"营房"。"营房"是我们自己动手造的，以竹子搭架，以杉树皮盖顶、做墙。一排排山棚，整整齐齐，班与班之间顺着高低不平的山坡，修起了小路，房子周围和路边，盛开着五光十色的野花。我们还在山上开了操场，设了"列宁室"，办墙报，唱红军歌曲。部队经常上军事课、政治课、文化课。我们愉快地在这里战斗着、工作着、学习着。

1937 年 11 月底，根据上级的指示，我们坚持在湘赣边区的红军游击队，分别从武功山、铁镜山、九陇山、柑子山等地下山，奉命来到了莲花的垄上集中改编，编为新四军第一支队第一大队，开启了新的战斗历程。

高山上的火苗

彭寿生

1934 年 10 月，我们湘赣军区独立第三团在江西安福县的钱山，遭国民党军 1 个师的进攻，战斗持续了一天，因敌我力量悬殊，仗打得十分艰苦。不少同志牺牲了，也有不少同志负了伤。我在这次战斗中不幸负伤。撤出战斗后，组织上交给我一项任务，要我负责带领六名伤员到医院治疗。

可是，我们要去的医院，没有名字，也没有详细地址，天黑乎乎的，空中只有寥寥几颗星星在闪着幽光。

"快走！"我不时回过头来催促战友。

"班长，啥时候能走到哟？"小贺有些焦急，一边用手抓饭，一边问我。

"反正不远了。"我随口回答了一句。说老实话，啥时候能走到，我自己也不知道。

"嘿，找到了医院，"这个小鬼看着我，一边说一边调皮地眨眨眼睛，"要是找到了医院，咱们先得美美地睡一觉，吃它一顿饱饭。"

小鬼也真乐观，听到我说离医院不远了，就打起他的"小算盘"来了，不过他这么一说，倒把大家给逗乐了，七个人坐在山坳里争着谈起各自到医院后的计划来。

"班长，我最多住三天，这只手准能好！"小鬼算得挺周全，连几天伤好都自己规定好了。

边吃边扯了一阵，大家感到肚子也不饿了，精神也较先前好多了，于是又朝着西北方向，歪歪斜斜地爬起山来。

我们转啊转！找了不知多少天，终于在一天上午意外地把这所不知名的医院找到了。

医院是找到了，可一点也不像我们想象中的那样好。

一位穿着破军装的青年人，把我们带到一个石洞里，说这是病房。我们弯着腰进去，里面黑乎乎的又潮又暗。洞口透进来的一丝光亮，算是唯一的照明。洞子里排着三四十张用树枝架起来的床铺，床上躺着好些伤员。他们一见我们进来，就围着我们问是哪里来的，没等我们回话，青年人就指着右边尽头的几张空床铺，叫我们躺下。

"医院都是这样吗？"小鬼又啰唆了。他扯扯我的衣角，悄声问。

"我也不知道。"我说。

"不一样！"我的话还没说完，就听到背后传来一个洪亮的声音。我回过头去看，搭话的是一个中等身材的年轻人，长得很胖，头上冒着汗："怎么样，这医院不理想吧！"

他一边说一边走过来。这下可弄得我和小贺都感到怪不好意思的。我心想，你看多丢人，刚来就让别人有看法。我巴不得狠狠把这小鬼训一顿。

还好，那个胖子爽朗地笑过一阵之后，又向我们靠近了一步，和蔼地问："你是彭班长？"他一边问一边瞧着那张我们带来的介绍信。我说："是。"并接着问他：

"你是……"

"郭猛。"他爽快地答道。

郭猛？他就是郭指导员！我赶忙向他报告："我们一共有七个人，两个脚伤，两个头伤，还有……"

"好吧，老彭，走了几天够辛苦的了，坐下歇歇。"于是我们在床铺上坐的坐，躺的躺，郭指导员就坐在我们旁边，详细询问了一路的情况，并安慰我们到医院后要好好养伤，然后又给我们介绍医院的情况，大家都静静地听着。

就这样，我们开始了医院的生活。

这天，太阳西斜了，大家忙着准备吃饭，小贺拿着小碗，站在洞口，想替大个子捞碗稠一点的，可是等了好久，不见工作人员端盆子进来。大家都在纳闷。

"来了！"突然，小贺站在洞口高兴地喊起来。

可今天不同，工作人员不是三个，而是一个，他端着一只盆子，后面跟着指导员。这一盆饭够谁吃？洞子里40多个人哩！

"大家着急了吧？"他没有走进洞就朝我们说着。

谁也没有回答他，都用探求的眼光想在指导员脸上找答案。

"是啊，太阳都下山了，开饭的时间早过了。"指导员边说边走到洞子中央，"可是，同志们，"他用目光向大家环视了一番，"我们料想的困难真的来了，粮食没有了，现在只剩那么一盆稀饭，大家将就些，一个人喝一口。吃吧！"

不知怎的，今天闻到这味好像特别香似的。屋子里一阵沉默，有的干脆把碗放下。

"指导员，这盆稀饭我们不能喝！"突然有人说了一句。

我朝左角看去，是方排长，这个小伙子长得挺秀气，不管什么事，只要心里想到了，嘴里就立刻说出来，这一点大家都尊敬他，他走前两步说："指导员，我建议把稀饭留给大个子他们四个重伤员喝！"

"对！方排长说得对！"

"这样对！"大家齐声赞同。

"不！"突然又响起一个嘶哑的声音，大个子正用手撑在床上努力爬起来。

"指导员，不，不能这样，应该大家吃，同甘共苦，要活活在一起，要死死在一道！"

"你歇歇，快躺下！"停了一会儿，指导员说，"同志们说得对，稀饭应该留给重伤员吃。我们再想办法，相信我们会找到东西吃的。"

于是围在一起的伤员都散开了，大家放下碗，躺在自己的床铺上，一盆稀饭放在石洞中央的石板上冒着热气。

粮食完了，我们找到了一样可吃的东西——山上的苦菜。这种苦菜名不虚传，真是苦极了，连着在水里煮上好几遍，还是有苦味，又没有盐，更没有油，吃下去肚子怪难受。

一天，下着大雪，党支部连夜开会，决定由李事务员带一人下山找吃的。指导员和我们把他们送到洞口。

"你们一定得找点什么回来。几十双眼睛在望着你们啊！"郭猛同志代表我们说出了心里话。

这一夜，大家又睡不着，心里老惦记着派出去的两位同志。天刚破晓，我们就都起来了，大家不约而同地聚集到一起向山下望去。

"指导员，你看！"方排长突然叫起来。

大家目不转睛地看着前边，只见他们越走越近，越近走得也越快。一会儿，事务员带着一张牛皮回来了。

"同志们，粮食！"李事务员刚爬近我们，就飞也似的跑过来兴奋地叫着，"指导员，牛皮，可以吃的……"

他吃力地喘着气，脸上直冒汗，一猛冲，他跌倒了，昏过去了。指导员赶忙扶起他，他迷迷糊糊地靠在指导员身上，用微弱的声音说："指导员，我头晕，要躺……躺一下。"

"小马，把他扶到床上！牛皮马上弄来吃！"

指导员命令着，于是扶李事务员的进去了，留下的人七手八脚地拾掇起牛皮来。

好容易盼到天黑才烧熟，为了使大家明天不挨饿，决定留下一半，其余的一个人盛一碗，味道不错，因为煮透了，牛皮熬成了软膏，吃到嘴里挺粘口。

牛皮吃完后，其他东西还没有找到，老天像有意为难我们似的，一股劲地下雪，派人下去几次，什么粮食也没找到，而且盐水也没了，好多伤口都化脓了。特别是大个子最糟糕。

晚上，在我刚要上床的时候，大个子突然招呼我说："老彭，帮我卷支烟。"我给他卷上一支，只见他的手抖得厉害。

"怎么啦？你好像……"

"没什么。好冷啊！手软得不行。"他费了好大劲才说完这些话。半夜，我听到他在哼哼，坐起来问他，他还是回答没什么。

天已经亮了。平时，小贺最爱和大个子闹着玩，今天他和平常一样。

"大个子，大个子，醒来吧，还蒙着被单（那时我们没有棉被）。"

"大个子，我帮你掀被单啦！"小贺边说边掀起被单，"啊！班长！"小贺转过身来拉我，"他死了！"

一股热泪从我眼中涌出来，于是周围的人都默默地走过来，指导员也来了，这个倔强的人也为大个子流下了两行悲伤的泪。

"同志们，不要难过。要懂得，要记住大个子是怎样死的!"指导员抹去脸上的泪水。

大家用手指挖开积雪，扒松土块，谁也没有说一句话，整整一个多小时，才把大个子埋了。指导员砍来一段树干，削成木板，用刀子刻上"光荣战士"四个字，插在大个子的墓前。

"同志们，要把大个子怎么死的，记在我们的心里，告诉我们的后代。我们这几十个同志就像党点燃在这高山的一支革命火苗，大个子虽然死了，但我们这支火苗决不能熄灭，我们要越烧越旺，直到烧成熊熊火海。"

大家静静地听着指导员讲的话，悲伤顿时化成了怒火，周身的血液在沸腾着，仿佛真的就要燃烧起来了……

大个子死后几天，我们踏着积雪搬到通连九陇山数十里的武功山上。那里有野菜、树皮、竹笋子。

初春的一个早晨，天气晴朗。指导员召集我们开会，大家面向太阳，坐在树林中，指导员开口就问我们："同志们，怎么样?"

谁都没有说话，大家互相看看，停了一下，有一个同志回答说："很好!"

"我们的生活很好吗? 不! 很艰苦，应该说很苦。那么，你们为什么要把苦说成不苦呢?"指导员又问。

谁都觉得一时无法回答好指导员的这个问题。还是小贺，他一边绑着绷带，一边从地上站起来说："因为我们是红军！"

"对！对！我们是红军！"指导员激动地举起拳头。停了一下，指导员宣布了支部的决议，他说："现在，我们再不能在山上待下去了。我们还有五六支枪，支部决定组织一支武装，下山开辟新地区，去筹款解决吃的问题，去打击那些逼我们上山的敌人！"

"对，我们下山！"山谷里响起了吼声。

我们的队伍就这样组织起来了，为了不影响战斗和行动，指导员决定把重伤员留在原地休养。

我们30多个伤员，在郭指导员的带领下下山了。下山后，我们靠着顽强的斗争意志，逐步打开了局面。棋盘山会议后，谭余保派段焕竞、谭汤池来找到我们，将这支部队大部分编入湘赣游击司令部第三大队（大队长刘群，政委郭猛）。

从此，在谭余保等同志的领导下，同其他兄弟部队一道，坚持了艰苦卓绝的游击战争。

难忘的护送

黄炳光

1937 年深秋，我们湘赣边游击队在段焕竞、刘培善同志的率领下，驻扎在永新县九陇山休整。我当时在游击队任特派员。一天晚上，我带领两名侦察员下山了，当我们走到离九陇村还有二三百米远的地方时，游击队的联络户田秀老大娘迎面拦住我们，低声对我们说："同志呀，你们快不要进村去，我家来了好几个陌生人。"

我急忙问她都是些什么人。

老大娘讲一共四个人，其中一个坐轿子的戴着黑色礼帽和眼镜，像是个头目，另外，有两个是轿夫，一个是勤务兵。那个戴礼帽的，口口声声说要找红军游击队，说现在共产党和国民党不打仗了，要合作起来打日本侵略者。

"他们有没有带枪?"我又问。

"没看见他们带枪。"老大娘回答说。

我们几个人商量了一下，认为他们既然没有带枪，就应该去看个究竟，问个明白。开始，老大娘不同意我们去。我忙向她解释："不要紧，如果真是坏人，我们就把他们干掉。"

我们来到老大娘家，一进门，看到房子里有四个人。站在前面的那位，三十六七岁，像是一位做生意的大商人。在他身后站着轿夫和一个勤务兵打扮的人，屋子的一角摆着一顶轿子。

我问他们从哪里来？到这里来干什么？

那位戴礼帽地回答说："我叫陈毅，奉党中央的指示，到这里来找红军游击队，一路上经过吉安、安福、莲花、永新等地，好不容易才到了你们这里。"

当时，我们湘赣边游击队与以项英、陈毅等同志为首的苏区中央分局失去联系多年，加之我们以前又不认识陈毅同志，所以我觉得还是慎重为好。

接着，我问他有没有带介绍信。

他说："介绍信是带了，但要见到你们领导才能交，我这里还带有《抗日救国十大纲领》，这是公开的。"

说着，他拿出一份给我们，我接过那份铅印的《纲领》，从头到尾看了一遍，心想这不像反共宣传品，里面写的都是共产党的主张呀！

我正在沉思，自称陈毅的人突然问我："你是游击队的人吧？"

"是的。"我坦率地回答。

他又问："你们游击队现在什么地方？"

"我已经离开游击队四五天了，现在他们究竟在哪里，搞不清。"我回答。

过一会儿，他又急切地问："你能找到吗？越快越好，我有重要公务在身，要尽快见到你们的领导人。"

我答道："能找到，你们不要走，就在这里休息，等我找到游击队，再来告诉你。"

为了将情况迅速向领导汇报，留下两名侦察员在屋外警戒，我一个人当晚便返回驻地。到了山上，我立即把在山下调到的情况，向段焕竞、刘培善两位领导做了详细汇报。他们也感到难办，搞不清来人的意图究竟如何。经过再三考虑，刘培善同志说："还是把他带上山来问个明白。如果是好人，那我们的后方就不会遭到破坏，而且对我们有利；如果是坏人，他们也逃脱不了，到时处理也来得及。"

当晚，我们就把陈毅同志护送到山上。他一进棚子，就十分亲热地跟大家打招呼："可把你们找到了！"并自我介绍说："我是党代表陈毅，是代表党中央来接你们下山的。"接着，他拿出项英同志写的介绍信。这时，已是深夜十一二点钟了。当晚我们就把陈毅同志安排在草棚里休息。住下后，他仍然毫无倦意，继续向我们讲解当前国内外形势，宣传"抗日救国十大纲领"。

听了陈毅同志的宣传解释，大家虽然觉得很有道理，但也有许多疑问不可理解。为了使问题得到满意的解答，消除顾虑，第二天吃过早饭，又找陈毅同志谈话，参加谈话的有段焕竞、刘培善、二连指导员罗维道和我。

要问的事情都问完了，最后刘培善同志又提出这样一个问题："你是中央的一位要人，怎么出来连一杆枪也不带？"

陈毅同志有点不耐烦地说："你这位同志看问题太简单，现在虽然是国共两党合作，但斗争还是尖锐复杂的，地方上的反动势力还很大。我要是带着枪通过敌占区，一旦被土匪、'还乡团'发现，不仅起不到保护作用，相反还更危险。我之所以化装成这般模样，也是为了出入国民党统治区更方便些，请你们相信我。"

谈话结束后，我们一致同意把他送到省委去，并决定由我和李森启同志带上十几名战士负责护送。

第二天晚上，我们一行近20人就上路了。

从我们驻地永新县九陇山到省委驻地永新县铁镜山，相距50多公里，多是山径小道。

出发时，我们带上陈毅同志的勤务兵和轿夫。当时陈毅同志拉肚子，身体很虚弱，便用轿子抬着他上山。但在将靠近敌人的一个据点时，有一个轿夫借故逃跑了。这样陈毅同志只好拖着带病的身体，艰难地跟着我们一起走路。为了减少麻烦，避开敌人，不可能往大道上走，只得爬山越岭；加之晚上行军，不允许照明，困难确实很多，整整跑了一个晚上，从山沟里出来的陈毅同志已是疲惫不堪。这时，陈毅同志对我说："你们晚上走，我白天走，咱们约定一个地点会面，怎么样？"我怕出意外，没有同意他的要求。陈毅同志仍挂着拐棍，顽强地坚持跟上队伍。

经过两个晚上的行军，第四天早上终于到达省委驻地铁镜山。一到铁镜山，陈毅同志对我说："这个地方我来过，但没有找到你们游击队。后来，听说九陇山有游击队，我就到九陇山去找你们。"听了陈毅同志的话，我忍不住笑起来，按照陈毅当时的打扮，戴礼帽，穿长褂，戴眼镜，群众一看就认为是坏人，所以群众根本不会给他说真话的。在铁镜，我们在一座山里隐蔽了一天，直到傍晚，我才带上一位侦察员，几经周折，在一个草棚里找到省委，见到湘赣省临时省委书记谭余保同志。一见面，谭余保同志感到很突然，握住我的手问："黄炳光，你怎么来了？"我回答说："送一个叫陈毅的人到这里来。"并简要地汇报了陈毅同志来这里的意图。

还没有等我把话说完，谭余保同志就火冒三丈，气愤地说："叛徒，大叛徒！他现在什么地方？有没有人看守他？……"

一连串的质问，把我惊呆了。我连忙回答说："就在附近的一个山里，有人看着。"

紧接着他又吩咐："再派一个警卫班去，把他捆起来，别让他跑了。"

这时，我留在棚子里休息。不久，就看见陈毅同志被五花大绑地捆着，由谭余保同志派去的那个警卫班送进了棚子。

　　将陈毅同志护送到省委，我的任务就算完成了，于是我带领护送的队伍返回了九陇山。

　　后来我才知道这是个误会，陈毅同志是上山来传达指示，要求游击队下山改编开赴抗日前线的。

棋盘山会议前后[*]

傅云飞

1935 年 7 月中旬，湘赣省苏维埃主席谭余保，主持召开了棋盘山会议，会议重建了湘赣边的党政军领导机构，做出了一系列正确的决策。

8 月中旬，任湘赣临时省委宣传部部长的周杰无耻地投进了敌人的怀抱。周杰原是第三分区的司令员，这个家伙军事上还有一点门道，但经不起艰苦环境的考验，终于和陈洪时（投敌叛变）一样，成了我们最凶恶的敌人。

周杰走后，省委机关立即转移到了靠近莲花县委的一个叫狮古塘的地方。莲花县委过去是湘赣边力量最强的，党员多，群众关系好。但这时也因陈洪时、周杰等的出卖，被摧残了。周杰俯首于国民党莲花县县长朱维汉的膝下，经常带着大批敌人跟踪省委。因他熟悉省委和红军游击队的活动规

———————

* 本文节选自《棋盘山会议前后二三事》，收录时做了适当修改。

律，常常弄得我们食宿不安，有时一天要辗转好几座山头，一停下脚来就会被周杰盯上。为了甩掉这条恶犬，谭余保带领省委机关于 10 月初转移到了柑子山。这里接近攸县、茶陵边界，东南西三面全是深山区，北面是一望无际的大茅山。山上的芦茅又粗又密，高的有几丈、矮的也足有丈余，其中夹杂着参天古树，号称十里茅山，是个人迹罕至的地方。省委一个叫贺丁九的侦察员把这里的地形给我简单介绍了一下。为了做好防敌突袭的准备，我要原特务队的支部书记陈长再去仔细察看一下周围的山势，找一条应急时可与外面连接的秘密通道。我们就在西北角上的一条暗沟边挖了一个洞，洞门全是遮天蔽日的芦茅，敌人来了，部队从洞里转移出去，只要把洞口的芦茅扶直复原，敌人是很难发现的。

10 月中旬，周杰又寻到了我们的踪迹，带着保安团，把我们藏身的茅山围得水泄不通。周杰这家伙就蹲在我们对面的一座山梁上，上午 9 点钟光景，他开始声嘶力竭地喊叫起来："谭余保，你这次再也跑不了啦！快投降吧，政府悬赏的 5000 光洋全给你了。你要是不投降，5000 元光洋可就归我啦！"他还说抓住一个干部可奖多少元，抓住一个战士可奖多少元，真是无耻极了。他还点名道姓地挑拨我同谭余保同志的关系，叫道："傅茨喜（我的原名），你此时不走还待何时？谭余保早就要杀你，是我不同意才保了你的命。快来吧！"

我听了肺都要气炸了。因为我是原省委特务队队长，与陈洪时接触的机会相对多一些，陈洪时叛变后，我们从攸县回来，谭余保同志起初对我确有些顾虑，一直在注意考察我。这在当时特殊的环境中，我觉得谭余保同志那种保持高度革命警惕的做法是必要的，却没想到周杰竟利用这一点来制造我们内部的矛盾。我身边的一个小战士急得要冲上去和周杰拼命，我赶忙拉住他说："我比你还气呢！可现在不能去硬拼，我们要想办法治他。"

我把周围的地形再琢磨了下。我们处在山底，要上去不容易。敌人守着山头，下来也难。但这样对峙下去还是我们被动，万一要是敌人壮着胆子往下压，我们的处境就危险了。谭余保、曾开福等正在商议对策，我走过去对谭余保说："谭主席，我出个点子你看行吗？"

谭主席忙说："行，行，你说吧。"

我说："你给我两个人，我带他们先去侦察一下西北角上那个口，看看那里是否有敌人，然后再回来考虑下一步。"我说的下一步，是想利用我们刚进山时掘好的那个秘密洞口进行转移，谭主席同意了。于是，我带了两名战士去，不好，敌人在山岭上，并在半山腰放了1个排哨，岭上的敌人还不少呢！看来走秘密通道是不可能了。这样，我只好返回向谭主席请示，让我带四个人去，每人两支驳壳枪，把敌人两边的哨兵干掉，给敌人造成我们欲从西北角突围的假象，实际是用调虎离山的办法把敌人引走，保护省委。敌人要是不追，我们四个人有八支枪，躲在茅草中拼命放枪，至少能把敌人的注意力吸引过来，然后让熟悉地形的彭连生带省委领导顺着坳底的洞口悄悄向茶陵攸县那边走，派两个班保护谭主席，其余断后。谭余保和曾开福等都同意我这个办法。我选了陈长、郑秋同和另一名战士，分成两个战斗小组。我负责打东边的哨兵，陈长和另外那个战士打西边的。摸到敌人鼻子底下时，敌人已开始吃午饭了，我们从上面传来的敌人争东西吃的声音，判断出其大概的位置和兵力情况，并瞄准了哨兵准备下手。我一扣扳机，四支枪几乎同时响了。敌人顿时大叫起来："不好啦，谭余保跑啦！""谭余保突围啦！"随即两边山上的机枪全响了，"噼里啪啦"地朝我们这边猛放。茅山上的芦茅很深，任他们打枪也伤不着我们一点皮毛。我们一边打枪，一边慢慢走，真的把大部分敌人引过来了。周杰慌了手脚，大吼起来："你们还不快追，要是让谭余保跑了，我枪毙你们乌龟王八蛋！"

闹腾了一个时辰，周杰下令放火烧山。一下子火光冲天，茅山霎时成了火海。这时谭余保他们已顺着河沟转移到另一座茅山，大火对他们构不成威胁。我身边的几个同志有点急，我对大家说，革命不怕死，只要保护了省委，我们四个人烧死了也值得。火势很大，我们一直朝西边摸索。进了一座茂密的树林。这时，天已黑下来，并且下起了一场瓢泼大雨。这场大雨竟然顷刻之间就把大火浇灭了。敌人一个个淋得落汤鸡似的。周杰眼看天黑对他们不利，加上士兵们被大雨淋得叫苦不迭，只得鸣金收兵，夹着尾巴撤了。临走时，残忍的敌人为了交差，竟把被我们打死的十几个敌兵的头割下去冒充战绩领赏。

停雨后，我们找到了事先与谭余保主席约好的联络地点。我拍了几下掌，谭主席派来的联络员贺丁九就出来了。他告诉我说省委隐蔽的地方很好，没出什么事。我们都不由长长嘘了一口气，跟着他回到了谭主席那里。

我们茅山脱险后，敌人传得很神秘，说共产党硬是消灭不了，眼看在茅山要被烧死了，天老爷却下了一场及时雨把他们救了。周杰则引用一句古语哀叹说，谋事在人，成事在天啊！

1935 年的 9 月下旬，湘赣省委机关一直在棋盘山一带活动。

月底，绵绵细雨接连下了十几天。一日，天突然放晴了，大家的心情也随之兴奋起来，屋子里坐不住，纷纷到外面晒太阳。这时候，只见谭主席吧嗒吧嗒地吸着一杆长烟筒，坐到我们中间。他猛吸了几口，然后一边磕烟斗，一边长长地叹着气。我琢磨他肯定有什么心事，就问他："谭主席有什么事要我们去办吗？你就交任务吧！"

他又叹了口气说："怎么讲好呢？湘赣苏区有 30 多个县，我们现在能掌握的有几个？当年毛泽东同志领导红军，守住井冈山和九陇山，能守能攻，能进能退，根据地搞得多红火！可现在这两座山都丢啦！"他抽了几口烟又问道：

"小傅，你家在哪里呀？"

我说我家在茶陵高垄区，靠近独木岭，那里往东南面去就是九陇山和井冈山。他说原来你家靠那边呀，你对九陇山熟悉吗？

我说我从小就在一个地主家当长工，背木、修山、摘油茶，谭家述在九陇山开展游击战争时，我在九陇山游击队当过联络员，对山里的地形还记得一些。我还说了苟科里、王相岭、谢家岭等九陇山里的几个地名，并说彭连生、曾秋同、陈长、谭发达，还有一个姓蔡的同志都是那一带人。谭主席听了，满脸忧郁的表情开始舒坦开来，说："小傅，省委想派个工作组到九陇山去开辟新游击区，我一直在考虑谁去合适一点。你情况比较熟，能不能去一趟呀？"

我说："行。不过人不能去得太多，最多五个人，要自己带点钱粮，先去摸摸情况，比如那里的群众基础，保、甲长和敌人布防的情况等。然后再逐渐增加人员，进一步打开局面，发展组织。"关于这次去的时间，因来回一二百里，要经过敌人几道封锁线，我对谭主席说，初步考虑两至三个月吧。

谭主席说具体方案你们拿就行了，我只讲一点，你们远离省委，一定要紧紧依靠群众，通过艰苦的工作，争取群众的信任和支持。总之，要在那里重播革命火种，打开局面。接着，谭主席又给我们定了具体人员，要我担任组长，并决定第二天就动身。

谭主席走后，我便和彭连生、陈长、曾秋同、小蔡忙着准备起来。第二天一早，我们都换了便衣，为的是白天也可以走。我们从湘东钨矿那里穿插过去，到了离界化垄约五里远的花竹，先找到了山沟里一个老农会会员的家。这里四面都是山，中间只有这一栋独屋。这个老会员家里共有兄弟三人，老大老二都是会员。老大见了我们有点惊讶，说："小兄弟来啦，多年不见，你们是不是去反水（自首）了呀？"

我说我们是谭余保主席派来打游击的。老大听我们讲到谭余保，赶紧抢过话头说："谭主席还活着呀？嘿！现在这里有三种说法，一种说他被打死了，一种说他被俘虏了，还有一种说法是谭主席被彻底打败了，现在下落不明。如果谭主席还活着那就好啦！"

谭余保在当时苏区群众中的声望是很高的。天黑了，我们吃过晚饭又聊了一会儿，把棋盘山会议的情况和我们这次去九陇的任务说了说。老大说我们是农会会员，如果相信的话，你就给我们分点工作干干吧。我说当然相信，我们要把苏区恢复起来，不依靠你们依靠谁呀？我随即交了一个任务给他们兄弟仨，要他们分头去永新的文竹、潞江，莲花的浯塘和茶陵的高垄、腰陂等地侦察一下，有多少碉堡，多少敌人。

在花竹，我们待了约一个星期，白天在山上隐蔽，天一黑就下到这个老会员家收集情报。我们规定了联络暗号，如果他家有外人，就在窗台上放块石头，没有人就把石头取下来。在这家兄弟三人的帮助下，我们对这一带的敌情有了底，决定继续往前走，并请这位老会员帮我们筹备了大约200斤大米，五个人每人背了40来斤。到了永新的水口，遇见了同组织失去联系的地下党员彭天生（因这一带的党组织已遭到破坏），彭见到我们后，坚决要求继续跟游击队一起干。于是，我们在他家附近又住了五天。请他帮我们搜集的情况与我们在花竹搜集的基本一致。跟他交代了下一步任务和联络办法后，我们又继续前进了。

过了五六天，我们直奔陇钩州，那里只有五六户人家，有个甲长，还有一户红军家属。为了先镇住甲长，我们干脆住进了那个甲长的家里，造成甲长自己"窝藏共军"的事实，从而迫使他今后不敢去向敌人报告老百姓"通共"。在陇钩州，我们分头找各种对象做工作，了解了很多情况，初步同群众建立了感情。红军家属谢银仔还向我们提供了一个重要情况，就是靠近井冈山那边一个叫七里船的山上，有一支土匪队伍，土匪头目原是国民党的一个连长，因不满上司欺压，带了100多号人上山为匪，屡遭国民党军队打击，现仅剩40人枪了。

我们在陇钩州住了一段时间，建立了联络点，然后又去谢家岭工作了半个月，通过教育保、甲长和在群众中开展宣传，救济生活困难户，工作组在群众中开始有了一定的影响。我们救济困难户的钱粮，主要是靠组织群众中的一些积极分子到宁冈县那边去找地主土豪要。因此，我们的影响几乎波及周围上百里。因出来两个月了，为了让谭主席掌握我们这边的工作情况，我们决定回省委汇报一次。回去时沿途的情况都熟了，五个人只用了一天一夜就赶回到了省委。

谭主席见我们回来了，非常高兴，说："小傅呀，你们先不要汇报，你们五个人去，五个人整整齐齐地回来了，这就是成绩。"我见省委几个主要领导正好都在场，还是把我们去九陇的情况详细汇报了，并讲了下一步的打算。谭主席说下一步别急，过完年再去。我说过春节正好开展群众工作，还是让我们赶到九陇去过年吧。谭主席见我坚持要早去，只好同意了。并根据我的要求，增派了15人，加上我们原来5个，共有20人了。改称工作队，我当队长。我把20人分成三个小组，九陇村去八个人为一个小组，组长陈长，负责永新的三湾以及井冈山宁冈接壤的茅坪、大陇等地。倒坪去五个人为一个小组，组长彭连生，负责永新的高坑，以及茶陵的小田、高陇和腰陂等地的工作。另外由三个人组成联络小组，专门沟通组与组之间和工作队与省委的联系。两人机动，主要做些看管土豪、筹集款子的工作，还有一个是医生，为工作队和群众看病。谭主席还同意了我提出的处理七里船那股土匪的办法，即三条：第一条是要他们投降游击队，或者叫起义；第二条是要他们离开九陇山，并且保证不欺压老百姓；如果这两条他们都不接受，第三条就是坚决把他们"吃"掉。

两天后，我们按计划又深入了九陇山的各个村子里开展工作。经过一段时间的工作，我们在以九陇村为中心的方圆100 余里的范围内，影响越来越大了。前后经历一年多，终于将革命的烈火重新在九陇山点燃了。

坚持斗争在遂万泰

贺国华

1934 年 8 月，我在湘赣省保卫局二中队任中队长，指导员是曹云。我们保卫局原有两个中队，其中一中队突围时随主力红军长征去了。

我们留下的同志在牛田坚持了一个月左右，后因情况恶化，敌人切断了我们一切供给，省委遂决定向外转移，突出敌人的包围。突围转移的行动方向是：独立五团跟省直机关转移到莲安萍地区的武功山，我们保卫局这个中队归独立四团指挥，留在遂（川）万（安）泰（和）边区活动。

1935 年初夏，狡猾的敌人见搜来搜去总消灭不了我们，便采取移民并村的手段，强迫山上的群众下山，强迫他们到山下的大村或城镇去居住。同时还实行所谓的保甲连坐的办法，即"一家通匪，十家连坐；一家窝匪，十家同祸"，企图割断我们与群众的血肉联系。另外还在通向山里的路上、要塞修筑碉堡，重兵把守，妄图把我们困死、饿死、冻死在山上。

敌人的这些阴谋给我们带来了严重的威胁，逼得我们只能分散在遂川良碧州一带的山上活动。由于敌人的封锁，粮食及一切生活用品完全断绝，一连几个月看不到一颗粮食，见不到一粒食盐，完全靠山上的野果、野菜和竹笋充饥。饥饿、疾病、寒冷，夺走了我们不少同志的宝贵生命。记得那时队里有一个外号叫猛子的队员，本来身体很结实，一天突然一下子·晕倒下去就没起来了。大家都说他是饿死的，肚皮都快贴到脊梁骨了。我们默默地站到这位战士的遗体前，心想，如果有一把米就好了，但林海茫茫，到哪里去寻找粮食呢？

在那艰苦的斗争环境里，与我们有着血肉联系的根据地人民和地方党的秘密组织并没有忘记我们，他们常常冒着生命危险千方百计地给我们送情报、送粮食。记得良碧州有个支部书记，一直和我们保持着秘密联系，我们都亲切地称他"大哥"。一次，他给我们送粮食时，不幸被敌人发觉，惨遭杀害。凶恶的敌人连他家中的妻儿老小也没有放过，全部杀害了。

自从移民并村后，敌人对我们封锁了一年多，山上的田地都荒芜了。被赶到山下据点里的老百姓离开了自己的土地，生活无着，怨声载道。这时，我们便秘密下山，通过地方党组织的关系，发动群众起来斗争。后来敌人迫于群众斗争的压力，只得让群众白天集体进山种地，这样我们与群众的接触又慢慢地多了起来。平时，他们将带上山做中午饭的米，分点给我们，自己煮稀饭吃。庄稼收割的时候，群众又留下一部分粮食在山上。从此我们的生活开始有了转机，同志们消瘦的身体也慢慢恢复起来。随着形势的好转，我们的活动也频繁起来。白天，我们派人下山侦察情况，晚上我们便出动打土豪，筹款子。我们把打土豪得来的钱和物，一部分救济群众，一部分留作自己用。还通过地下党组织的交通，买来了一些食盐和药品。这样，我们在根据地人民的支持和帮助下，终于度过了最艰难的岁月。

1937 年冬的一天，地下党交通站的一个同志上山报告说：山下来了一个国民党军官，到处打听游击队。听到这个消息后，我们感到很蹊跷，决定先把人带上山来。于是我带了三个人下山把他带到了山上。一问，原来他是萍宜安中心县委书记韦一平同志，这次他是以新四军驻吉安通信处负责人的身份，来这里寻找游击队下山抗日的。鉴于当时斗争情况复杂，为防万一，我们把韦一平同志留在山上反复考察了五天。另外，他身上还带有新四军驻吉安通信处的介绍信。最后，由我带了三个人和韦一平同志一起到吉安通信处商量整编的事宜。回山时，吉安通信处还另派了一位同志跟我们一起进山处理下山工作。当时，我们只剩下 30 来个人了。

1938 年 3 月，部队从良碧州山上下来，在良碧州住了一夜，第二天步行到万安县，然后乘船经吉安到南昌，在南昌改乘火车到了安徽大平一个叫云岭的地方。我们30来个人被编入新四军军部通信连，从此我们便成了抗日革命力量的一部分。

寻找独立一团[*]

冯北达

  1935 年 7 月，棋盘山会议后，中共湘赣临时省委决定找
回失去联系、在各地独立活动的武装力量。为此，省委先后
派人到了莲花、攸县、茶陵、萍乡、宜春、安福、永新等地
寻找。1935 年下半年，失散在各地的武装力量均陆续找回
来了，唯独独立一团一个人也未找到。独立一团原在永新县
的铁镜山、禾山、秋山及安福的陈山一带活动，全团三四百
人。1935 年初同省委失去联系后，就再也没有听到过他们
的消息。省委曾数次派人前往独立一团活动的区域进行寻
找，可每次都无结果。省委对此非常着急，难道独立一团几
百人就一个人也没有了吗？不可能！

  1936 年初，省委从国民党的报纸上看到了永新禾山一
带还有"土匪"活动的消息，估计指的是独立一团，于是

决定派侦察班长刘绪星和侦察员刘德胜等三人前去寻找。他们从莲花县棋盘山以北的省委驻地出发，经永新的黄岗到达铁镜山和禾山，一路明察暗访，转了十几天，还是一无所获，只得返回省委汇报。谭余保同志未等他们汇报完便抢过话头说："不行！要继续找，一定要找到他们！"为了找到独立一团，省委也搬到了铁镜山一带山区。谭余保同志亲自指挥，并派出了以侦察班长刘绪星为首的几个同志继续前往山区寻找。

出发前，谭余保同志对他们说："你们这次去，一定要把独立一团找到，找不到他们就不要回来。"同时，还指示他们要依靠群众，争取群众的配合。同志们经过一段时间的深入探访，终于从群众中了解到了一些线索。原来铁镜山、禾山一带的群众出于对敌人的警惕和对独立一团的爱护，不愿随便向外人吐露一团活动的情况。加之，独立一团的同志也告诫过群众注意保密，所以省委多次派人打听，群众都说不知道。这次，同志们通过耐心细致的工作，取得了群众的信任，群众才肯把实情相告。

根据群众提供的线索，同志们来到了独立一团所在的禾山，开始分头寻找。同志们在没有路的荆棘丛中，仔细辨认着有无行人留下的痕迹，不放过每一处蛛丝马迹。最后，忽隐忽现地看见一座人迹罕至的石崖下边晾晒着几条毛巾，这个发现使同志们异常兴奋，因为群众不可能到这样的地方来住，敌人更不可能！大家忘记了疲劳，直朝晾晒毛巾的方向攀去，就在他们到了离毛巾不足百米的地方时，突然从一个隐蔽的洞口走出来几个人，大声问道："你们是什么人？哪个地方的？"我们去的同志马上回答说："我们是湘赣红军游击司令部派来找你们的。"并反问他们是什么人。他们并不相信，也不回答是干什么的，并一边应付，一边打算脱身，我们的同志赶紧说："没关系，咱们是一家人，你们不要走。"但他们怕上当，提出要我们派一个人前去联系。我们即派了一个同志去，双方接头后，他们见派去的那个同志穿的衣服和谈话的口气确实不像坏人，经过一阵长时间的盘问、交谈，他们终于相信了。接着，便热情地领大家进了他们驻扎的山洞，并流着泪告诉我们，独立一团在永新铁镜山被打散后，现仅剩下这几个人，在这一带活动了很长一段时间，无法与上级联系，只能栖身在这山洞里。他们居住的这个山洞确实很隐蔽，四面都是深山密林，洞上面覆盖着一块大岩石，要不是根据群众提供的线索和发现了他们晾晒的毛巾，确实难以找到。洞不大，里面没有一件像样的东西，"床"上垫的是树叶，盖的是破毯子，吃的是玉米，连烧饭的锅都没有，每人只有一只茶缸，大家用它来烧水、烧饭，真是够艰苦的！

随后，我们的同志把他们带回到了省委，谭余保同志亲切地接见了他们，并对他们顽强的斗争精神，给予了高度的赞扬。

原来，独立一团在永新天龙山遭敌袭击被打散，伤的伤，走的走，叛变的叛变，剩下的这六个同志在与上级失去联系的情况下，自动地组织起来，由刘毛俚和刘大茂负责，在禾山、铁镜山、陈山一带坚持活动。他们与这一带山区的群众建立了良好的关系，每一次打土豪都带着群众一块儿去。这样，一可以虚张声势；二可以把打土豪得来的粮食等物由群众帮助挑回，并分给当地群众一部分。因此，他们在失去领导，对外界形势一无所知的情况下，仍然能团结一心，独立地坚持战斗一年多时间。

回到省委后，这六个同志奉命留在机关，跟随省委开始了新的斗争。

难忘武功山斗争[*]

彭 渤

1934 年 8 月，湘赣苏区主力红军第六军团十七、十八师奉命突围西征后，苏区的形势急转直下。根据地一天天缩小，敌人一步步紧逼，党的许多组织遭到严重破坏，苏区逐步被蚕食。湘赣省党、政、军领导机关直属队及独立三团、独立五团奉命离开遂（川）万（安）泰（和）地区，向湘赣边界的武功山地区转移。我在湘赣军区司令部侦察队当侦察员。

10 月中旬我们在吉安县梅花山一带集中，夜晚出发。进入武功山后，一开始我们自称为第五中队，后又改为七中队，番号经常变换，是为了迷惑敌人，虚张声势。1935 年 7 月，我们队整编为湘赣边游击司令部第三大队。后谭余保同志派来了刘保禄同志（现名刘群）任大队长，郭猛同志任

---

[*] 本文原标题为《难忘的武功山斗争》，收录时做了适当修改。

政委。下辖 3 个分队，我被编在一分队。分队长叫彭寿生，我任政治战士兼民运组员。

其间，敌人集中几个团的兵力，采取各式各样的野蛮手段，对武功山进行疯狂"围剿"达三个多月。后来，敌人的进攻不像从前那样频繁了，情况逐渐有了缓和，这是怎么回事呢？为了解开这个谜团，一天傍晚，郭政委把我和刘全（我俩都是民运组员）叫到一棵大树底下，商讨侦察敌情和筹集粮食问题。郭政委说："冬天就要到了，天气一天天冷起来了，山上的野菜枯黄了，树皮也老得啃不动了，我们老是这样挨饿也不是办法，得想办法解决。"郭政委说："我与刘大队长商量了，决定今晚派人到山下去走一趟，一是侦察一下敌情；二是买些粮食回来。"听说要派人下山，我和刘全都立即表示：请领导把此项任务交给我俩。郭政委与刘大队长商量后，同意了我们的请求。出发前，刘大队长反复叮嘱我们要加倍小心，提高警惕，注意安全，还留下了大队转移的地点。我们接受任务后，坚决表示："一定完成任务，不完成任务，就不活着回来。"刘大队长这时也很激动，拉着我们的手说："要活着回来。一定要活着回来。我相信你们是会战胜困难的，全大队的同志等待着你们的胜利。"

我们来到龙兴村，便小心地叫开了一户老乡的门。这是共产党员刘八元的家。老刘弄清我们是红军游击队后，就介绍了敌人的一些情况。之后，他又叫开了他哥哥的门，给我们凑了 60 多斤大米，装两布袋。我们按价付完了钱，就马不停蹄地连夜往回赶。在返回途中，走的又是上坡路，还背着几十斤大米，加上几个月的艰苦熬煎，我们的两条腿像有千斤重，行动非常不便。但又怕天亮以前赶不到目的地，心里非常着急。心越急越慌走路就越不稳当，稍不留神，就会连人带米袋滚下来。开始，我们是用肩扛米袋，要用双手扶着，因而行动非常不便。后来，我们干脆用藤拧成绳子，像山里人背筐一样，把米袋拴在背上。这样就方便多了，双手可以攀住荆条、树枝往上爬，登攀的速度也就更快了。当我们快要接近敌封锁线时，天已大亮，不能再走了，我们只好就地隐蔽。把米袋藏在草丛里，人躺在杂草、小树丛中，累得一点也不能动了。这时，我们能清楚地看见敌人的哨兵和听见他们的咳嗽声。为了防止被敌人发觉，当我们的嗓子发痒时，就啃点青草压一压；饿得难忍，就吃把生米。这一天，过得真慢呀！地上很潮湿，小虫、大蚊子又使劲地往我们身上叮，全身都长了许多小疙瘩。我俩只好咬紧牙关忍受和坚持着。就这样，熬过了艰苦的一天。天黑了，我们爬起来，背起米袋又往回走。为了躲过敌人的岗哨，我们不顾荆棘划破皮肉的疼痛，绕着山坡，左转右转，不知绕了多少圈子，直到第三天天亮前才回到队伍。同志们见我们回来了，都乐得几乎要跳起来，他们蜂拥而上和我们握手。

这次下山，我们得知敌人为了对付主力红军，已将主力部队先后撤出湘赣边区，只留下当地的保安团队和地主武装，继续对红军游击队进行"清剿"。这些反动武装多龟缩在乡镇和碉堡里，凭着坚固的碉堡、据点封锁着通往山区的要道。领导根据我们所侦察的敌情变化情况，随即改变了斗争方式。从此以后，我们由深山老林逐步转到了山下活动。开始，我们是在晚上，秘密地下到山脚边的小村庄上，找我们过去的"堡垒户"了解敌情，筹集给养，天亮以前离开村庄，返回到山上。

1935年10月以后，随着游击区的扩大，白天我们也能够下山活动了，有时我们分别组成三五人的"帮耕小组"，帮助群众恢复生产，耕种土地；有时深入群众家里，宣传"红军还在，主力会回来，革命一定会胜利"的革命道理；有时与群众一起，与当地反动地主做斗争，支持群众反抓丁、反征粮、反拉夫、反收税。此外，还积极地协助当地恢复和发展党的组织，建立农会、赤卫队、少先队、妇女会、儿童团等各种群众团体。

1936年，为进一步扩大游击区，我们在刘培善同志的亲自带领下，在泰和县桥头镇进行过一次奇袭。那是夏末的一天晚上，我们从永新驻地出发，行军50多公里，在当地赤卫队的配合下，乘夜暗摸进桥头村公所，一举消灭了地主武装保护团十几个人，缴获其全部武器弹药及其他战利品。在这次战斗中，我缴获了1支马枪和60发子弹，全部上交了，受到了上级的表扬。

在回山的路上，我们又捣毁了敌人好几个据点，后来把各乡的地主、保甲长及地主武装全部集中起来，由刘培善政委亲自给他们训话，向他们宣传我党的主张和红军的政策，要他们认清形势，不要为国民党卖力，我们红军还在，不能欺压老百姓。这次训话，既扩大了红军的影响，又瓦解了敌人。从这以后，有些保甲长也为我们办过许多好事，有的主动向我们送给养、递情报，有的还转向革命。

安福县钱山邓家园王清茂，是个有名的大地主，附近老百姓都叫他"铜毫子"，有一次给我们送来了许多银圆。我们到江头村打土豪，这个土豪叫周统绪。他吓得跑到吉安去了，我们就把他的母亲抓了起来，给他留下条子，规定数目，限他把银圆送来。后来他老老实实地给我们送来了，我们立即把他母亲给放了。

记得还有一次，是 1935 年冬天的一个晚上，我们大队挑选了十多名身体比较棒的同志到莲花县的一个乡村，袭击敌人哨所，筹集粮食。我们的行动被敌人发觉了，调来 1 个连的兵力埋伏在我们回山的路上。这次我们在莲花扑了空，急忙买了些猪肉和大米往回赶。行到半山腰遭到敌人的伏击，我们沉着应战，进行反击，打死几名敌人后，便往山上撤。因为这时下着大雪，敌人就沿着我们的脚印向上追，我们采取化整为零的办法，向三面山里隐蔽。第二天，太阳出来把雪融化，脚印消失了，敌人才撤退。这一仗，我们无一人伤亡，敌人却抬着一些伤亡的匪兵下山了。

我们就是这样，凭着对党对人民的赤胆忠心，对革命的无限信仰与忠诚，在武功山进行了三年艰难困苦的游击战争。西安事变后，我们在垄上集中，浩浩荡荡开赴江南敌后，汇入抗日战争的巨大洪流中，共同肩负起挽救民族危亡的历史使命，开展了新的革命斗争。

"宜乐连"*

卢文新

1934 年秋，敌人攻占了南丰、广昌、宁都等县，截断了宜黄、乐安和江西一分区与上级领导的直接联系，这就使一分区及我们乐安等县的武装力量面临着与敌冒险搏斗和被消灭的危险。为了继续坚持武装斗争，一分区肖杰司令员、李福槐政委果断决定在乐安的金竹集结独立团、游击队以及地方党政机关工作人员，共计 3000 余人，混合进行整编，组建了独立第一团和独立第二团。我被任命为独立二团三营政委。

部队整编后，为了保存革命的有生力量，分区首长又适时做出了突出敌人重围，向山区转移的正确决策。10 月间，一个北风阵阵、细雨绵绵的夜晚，在一切准备工作基本就绪的情况下，按照首长的部署，独立一团为前卫，机关为本

---

* 本文原标题为《忆"宜乐连"的来历》，收录时做了适当修改。

队，独立二团为后卫，迅速向西出发了。

夜，黑得伸手不见五指，队伍在泥泞的崎岖小道上艰难地向前移动着。因为敌情复杂，摔跤、碰撞或任何一点声响，都有可能招来意想不到的后果。首长不时轻轻叮嘱大家："不要说话，不要咳嗽，不准吸烟……"

经过一段紧张的行程，我们悄悄地从敌人包围的缝隙里穿插过来了。同志们都很高兴，禁不住大声逗笑起来，有的喊着："啊！我们过来了……，我们走出包围圈啦!"看见战士们的高兴劲，首长也笑了。但首长很快又告诫大家，斗争形势很残酷，不要高兴得太早了，前面还有封锁线，还有碉堡群，且说不定后面还有追兵呢！

果然，敌人的第二道封锁线发现了我们，随着一阵惊叫声、吆喝声，噼里啪啦的枪声也顿时响了起来。分区首长一边组织还击，一边疏散队伍，分两路继续冲击前进。我们三营负责掩护，一直等到部队冲出了敌碉堡群才杀出来。突破第二道封锁线后，部队在敌后的空隙地带休整了几天，然后继续前进。10 月下旬，我们到了峡江县西边的一个大村镇，敌人在这里设防严密，修筑了一大片碉堡群。部队领导原认为山区敌人的力量比较薄弱，且地形对我有利，可以不费什么大力气就能将敌人击溃。因此，对战斗的部署也比较简单，令一团为突击队，二团为预备队。经过一番准备，于次日拂晓前开到了预定位置。7 点钟，战斗打响了。随着指挥员一声令下，一团向敌人发起了猛烈的攻击。但敌人凭借着碉堡的掩护，在强大火力配合下，向我突击队实施反击，把我突击队压下来了。此后，我军又以更大的火力进行还击，这样反复相持了好几次，经过 4 个多小时的激烈战斗，终因敌人越来越多，未能打开突破口，只好撤了下来。

这一仗受挫后，我们打算撤下来认真地总结一下经验教训。正在这时候，国民党军一支正规部队追踪来了。我们被迫又投入了战斗，抢占有利地形，主动向敌人发动攻击。但敌人的抵抗很顽强，且不断有援兵赶来，数量越来越多，我军陷于重围。为了摆脱被动，我们不断组织反击，夺取了一个山头，接着又冲杀到了另一个山头。然而，由于敌人不断增援，又抢占了制高点，占据了有利地形，把我们紧紧地堵住了。我们的战斗队形被打乱，并被挤到一个方向。肖杰司令员见势不妙，亲自率领部队奋不顾身地向高山上的敌人冲击，战士们个个奋勇拼杀，把阻截的敌人压下去了，但后面的敌人又拼命地往上冲。经过一场血战，我们终于杀出了敌人的重围。

突围后，又越过了一座山头和一片丘陵地带。最后，在一片草地上部队进行了清点和短时间休整，只剩下五六百人了。首长对各级战斗组织和指挥重新进行了调整，而后又继续转移。就在我们行走了五六里路，来到一个村庄前时，又碰上了另一股敌人。只见敌人拼命地叫喊："站住！不许往前走！"接着机枪开始向我们扫射，并迅速切断了我们的退路，使我们处于被前后夹攻的境地。加上地形对我们很不利，左侧是毫无遮挡的空地，右侧是一条河，唯一的出路只有涉水过河。我们不顾一切，横下心跳入水中，大家手拉手地渡过了河，待敌人追来时，我们已经全部渡河完毕，敌人只好隔着河对我们射击，没有什么威胁。至此，部队才算基本冲出了敌军的大包围圈。

自乐安县金竹出发以后，部队经过两个多月的艰难历程，付出了很大代价，原来3000多人，现幸存下来的只有五六百人。但是部队却锻炼得更加精干更有经验了，我们学会了打游击、夜行军，懂得了保守军事机密的极端重要性。同时也给了敌人以沉重的打击，共摧毁敌据点13处，烧毁碉堡27个，先后俘虏敌人（含国民党政府官员）百余人，缴获各种枪支100多支，还有一批文件报纸和其他物品。沿途还宣传了我党我军的方针政策，播下了革命的火种。

突出重围后，我们考虑到山区敌人防守力量比较薄弱，便于开展游击战争。因此，打算转移到山区，以山区为依托开展对敌斗争。这时，形势稍有缓和，我们抓紧时间让部队休整了几天。由于这一带山区仍属敌占区，敌人经常来进行袭扰，加上地形不熟，又没有群众基础（因群众受敌宣传影响很深，对我们不了解），使我们的行动和给养遇到了很大困难。部队领导经过认真分析研究，决定立即转移。

这天天气晴好，我们在深山密林中隐蔽到下午4点左右，然后下山到小村庄中的群众家里吃了一顿腊肉煮稀饭。出发之前，领导做了简短动员，告诉大家晚上要摸黑疾行近百里的路程，必须保持肃静，注意不要掉队，渡过赣江后再往西走。天近黄昏，部队出发了。走呀，走呀，走了三个多小时，行程 50 多里，来到峡江县一个江边上，领导下令部队就地休息。同时令分区袁参谋长带领 12 个便衣侦察员，分四路外出寻找船只。过了两个多小时，找到了七条船和十多名船夫。战友们看到渡江有望，都欣喜若狂，兴奋得跳了起来。可是过了一会儿，听说袁参谋长等四人找不见了，大家又焦急起来，并且怕暴露了行动意图，敌人追寻过来就渡江不成了。肖司令员、罗维赋副主任看到天快亮了，不能再等，便果断地决定，立即开船，我们迅速登上船只，顺利地渡过了赣江。

渡过赣江后，部队继续向湘赣苏区的武功山开进。

1934 年 12 月，我们到达湘赣边根据地，省委书记陈洪时（后叛变）、省苏主席谭余保等领导都来看望我们，对我们进行了亲切慰问。接着，部队进行了休整，改善了生活，总结了经验教训，整顿了组织。

经过 10 天的休整，这支 100 多人的队伍被称作"宜乐连"，编入湘赣主力独立第五团，由湘赣省委和湘赣军区统一指挥，开始迎接新的战斗任务。

萍宜安中心县委的斗争[*]

彭余庆

1935 年农历十一月，萍乡、宜春、安福三县县委在青龙山下的大江成立了萍宜安中心县委和游击总队。周道益同志任中心县委书记，童奎伍任军事部长，彭余庆任少共书记。中心县委管辖的范围有新安区、大安区和宜西区。宜西区辖安（福）宜（春）边境的乌龟山到古庙一带；大安区辖萍乡的新泉一带；新安区的驻地在东坑万龙山。当时各区委均组织了一至三个工作团，每个工作团由二至三人组成，并指定了负责人。县委机关驻大江，但人员都分在各区乡指导工作。

湘鄂赣省委书记林瑞笙同志从湖南平江县黄金洞出发，准备到中央苏区去，经宜萍边界时自动留下来，组织领导宜萍边界的游击斗争。

---

* 本文原标题为《回忆莲安萍、萍宜安中心县委》，收录时做了适当修改。

寒冬的一天，大雪纷飞，古庙碉堡里的敌人大概认为这样的天气游击队不会出动，竟在村里大摆筵席。我们得知后，决定来个奇袭，打敌人一个冷不防。傍晚，游击队悄悄地向古庙奔去，只见村里灯火通明，传来阵阵肉麻的歌声和打闹声。我们摸到村口，敌哨兵还以为我们是老百姓，凶声凶气地问："你们干什么去了？""到宜风买东西刚回来。""他妈的！下次回来这么晚，小心共匪杀了你……"敌哨兵话还没有说完，就被游击队战士的枪顶住了胸口，吓得赶紧跪在地上求饶。

　　紧接着，我们冲进村子，全村喊杀声、枪声混成一片。被冲散的敌人跌跌撞撞地向后面山上爬去，一心想钻到山上的乌龟壳去保命。哪知我们一支队伍早把碉堡占领了，当敌人在碉堡门外叫喊时，进入碉堡的游击队员却故意磨磨蹭蹭地说："着什么急，我们堂堂的国军还怕几个共匪不成？"外面敌人一听，气得直跳，说："快！快开门，再不开门，等会儿枪毙你！"

　　碉堡门慢慢地开了，里面黑乎乎的，敌人摸黑一拥而进，但是一个个刚到楼梯边，就再也不吱声了。楼梯边霎时倒了好几个敌人。躲在门后的一个战士见同志们干得这样痛快，也忍不住了，当门口刚伸进一个脑袋，就一刀劈了下去。外面的敌人见前面的一个人倒在门槛上，骂着："起来，大家进都进不去，你还拦路。"随即挤进半个身子，门后那个战士又是一刀下去，可只砍掉了敌人几个手指头，这个敌人发觉上当了，失魂似的号叫起来，其他敌人跟着掉转头就往宜风方向逃命。

我们放了一把火，敌人的乌龟壳很快就埋葬在火海之中了。战士们回到村里，老百姓拥在村口迎接我们，我们把敌人搜刮来的猪肉、米酒都分给群众，鼓励群众坚持斗争。

1935年12月间，驻在新泉（即大安理）的萍乡县保安团全力进攻大江，他们由我们内部的叛徒带路，一路搜山清庄，"清剿"了一个多星期，迫使我们县委机关撤离了大江，转移到九龙山一带。敌人紧追不放，使我们一天要搬几次家。周道益同志在一次转移中负了重伤。

不久，中共湘赣临时省委书记谭余保派龙珍同志来萍宜安中心县委了解情况。接上关系后，县委书记周道益随同龙珍到攸县排山向省委汇报情况。

汇报工作后，临时省委鉴于周道益同志身负重伤和前段工作中存在一些问题，决定将其改任常委、副书记。派龙珍同志接任中心县委书记。

1936年11月，谭余保同志率领省委机关和教导队140多人，从攸县经萍乡边境进入武功山，烧毁敌人筑在两丘田的碉堡，赶走了占据大江的敌人，和我们相会了，同志们高兴极了。这期间，谭余保同志参加了中心县委召开的干部会议，会上制订了下一步的工作计划，决定县委干部分别下到各区工作。谭余保同志在会上指示说：打游击要看得远，兵力要有分有合，指挥要神机妙算。会后不久，谭余保便率机关人员和教导队离开了大江。

敌人听说湘赣省委到了大江，由保安团为主，拼凑了大批守望队、义勇队，强迫老百姓带路，向大江扑来。但是群众的心是向着红军游击队的，他们有的用锄头和敌人拼命；有的把敌人引到岩边绝路；有的搜索时大声吆喝，给我们报警。在群众的默契配合下，我们在青龙山和敌人兜圈子，巧妙地躲开了敌人的搜索，并寻找有利时机打击敌人。后来，为了摆脱敌人的纠缠，县委和游击队转移到了古庙。

解款

彭寿生

棋盘山会议后，湘赣游击队进行了整编，将保留下来的部队编为4个大队。我当时在三大队任分队长（三大队大队长是刘保禄，政委是郭猛）。我们这个大队经常活动于萍乡、永新、安福、莲花、吉安一带。这一带比较富裕，因而上级给我们大队的主要任务是筹款，以解决省委、游击司令部和其他游击大队的经济来源。

1936年秋天，我们三大队在吉安县打了几个大土豪，筹到了一批款子后，部队就转移到桐木庄北面的大山里进行休整、训练。

一天下午，大队部的通信员跑来说："分队长，郭政委请你和刘全同志马上到大队部去。"

到了大队部，见郭政委坐在那个临时搭起的棚子门口，聚精会神地用树枝在地上比画着。我喊了一声郭政委，他连忙挪挪身子说："快，快坐下来。"

我和刘全同志都坐到他旁边的草地上，注意看他刚才在地上画的什么。但见地上横一道杠、竖一道杠，加上疏密不等的圈圈点点，看不出个头绪来。再抬头看看郭政委，只见他满脸是汗。我们只要看到他脸上流汗，就知道有重要的任务。可这次把我们找来又有什么重要任务呢？我只顾注视他那严峻的神态，连他给我们递香烟也没顾上接。

"拿去！"郭政委已经把香烟送到我手上了。我连忙接过香烟，他马上又划着火柴，给我们两人点着香烟，然后拾起刚才在地上画的树枝说："最近筹到的一批款子，要你们送到司令部去。"

接着郭政委告诉我们，这次要送的款子有黄金数十两，银圆几百块，还有几千元钞票。

听说要送那么多钱到司令部去，我们的心情又有些紧张。

"这次任务不是打仗，但是比打仗还要艰巨些。省委和司令部那里经费非常困难，急等着这批钱，早一天送到就能早一天给省委和司令部解决困难。"他停了停又说，"派你们两人去，支部做了研究。你们都是共产党员，而且都很精干，相信你们不会出差错，一定能够胜利地完成这个艰巨任务。"

紧接着郭政委拈着树枝，指着地上已画好的行军路线图，把整个路线上哪里有封锁线，哪里有河流等，详细地跟我们说了一遍。

郭政委又接着说："就这样，小彭，沿途都由你负责，你带刘全；过河时由刘全负责带你。"随即又谈了些路上应注意的事项，特别交代了万一在途中遇到什么困难，要想办法与地方党的同志联系，并把沿途一些交通站和一些党组织的情况向我们做了详尽的介绍。最后，叫我们去好好准备一下，吃过晚饭到大队部拿款出发。

　　我们回到分队后，就如何完成好上级交给的这项光荣而艰巨的任务，进行了认真的研究。我们提前吃了晚饭，每人携带两颗手榴弹来到大队部。这时郭政委正在数着金戒指、耳环、首饰和银圆，然后分别往几条布米袋里装。大队长也将钞票用油纸包好，往两条子弹袋里装。装好后，郭政委说："小彭你背金子（戒指、耳环等），刘全你力气大背银圆，钞票各背一半。"说完就替我们把装着款子的袋子背挂好，接着，又将一封用油纸密封好的给省委和司令部首长的信，亲自插进我衣服里层的暗口袋里。最后，大队长将他自己用的驳壳枪交给了我，郭政委将他的小手枪交给了刘全同志。这是当时大队仅有的两支短枪。

　　这时，郭政委紧紧握着我的手叮嘱说："你们就两人，目标小。行动要快，胆要放大些，心要放细些，碰到困难两人要多商量，多多依靠地方党的同志和群众，切不可做冒失鬼。总之，一定要保证将款子安全送到。我们全大队的同志都在等待着你们的胜利归来。"最后又补充了一句："等你们胜利归来时，为你们庆功！"就这样，我们辞别了大队首长，在暮色苍茫中踏上了解款的征途。

离开部队驻地，我们二人一前一后地在羊肠小道上行走。走了一夜，天刚拂晓时，我们已踩到一座大山顶上，山下传来了敌人的起床号声。我观察了一下地形，估计山下就是安福通往莲花的公路。

我们所处的位置离公路不远，站在高处朝下看，清清楚楚地看到，公路弯弯曲曲地躺在眼前，公路这边敌人修建了一座座碉堡，公路那边横躺着一条大河，这条河的面貌确有很大改变，记得我上次经过时，河面很窄，河水很浅，不少鹅卵石还都露出水面，可现在却大不相同。面对眼前的敌情和天险，我们商量着对策，决定天黑以后开始行动。

天渐渐地黑下来，我们便趁着夜色轻轻地走到山下，伏在稻田旁，观察着离我们只有三四十米远的公路上的动静。只见敌人的巡逻队在公路上来回走着，电筒的光在黑夜中到处乱窜。看来一时是无法通过公路，只好伏在田埂边等待时机。又等了两三个小时，这时已经夜深人静了，敌人的巡逻似乎已经结束，公路上听不到有什么动静了，只听到河边那水罐发出"笃笃笃"的声音，好像还有人在打米，这声音似乎在召唤着我们鼓起勇气越过公路。为了慎重一点，我们又等了一会儿，见没什么动静，我便拉了刘全一把，就先起身弯着腰向公路边走去，我穿过稻田，来到公路边向两边观察了一下，没什么情况，便迅速跨上公路，但刚走几步，就听到一声大吼：

"什么人？"

"不好，今夜不太平了。"我暗暗地想着。

说时迟那时快，我赶紧向前猛蹿几步，跨过公路，伏在稻田地里。这时身后响起了"叭！叭！……"的枪声，接着碉堡里的敌人也开始向这边射击。原来敌人在这一带设下了暗哨。这时只听敌暗哨大叫：

"有人下了稻田！"

随着敌暗哨的叫喊，碉堡里的敌人吵吵嚷嚷地朝这边奔过来，电筒光在稻田里乱晃。刘全还没过来，敌人也还没注意到他那边，我喘了口气，让自己先平静下来，然后轻轻地向稻田中间爬去。

此时，稻田两边的田埂上都站着敌人，他们嚷着："就在这块田里，搜！"

电筒光在我头上扫过，我伏在泥水里连大气都不敢喘。狡猾的敌人见这样乱照搜不到人，便把电筒光收拢到一起，一行一行地顺着稻田空隙搜寻，眼看就要照过来了，如再不打主意就完了。因此我连忙按白天商量的办法，解下装着款子的袋子塞到烂泥里，正好碰到块石头，顺手拿过来压在上面以示暗记。然后我又慢慢地向前爬去，电筒光已经照到了我藏东西的地方，这时似乎有什么东西引起了敌人的注意，电筒在那里停着照了好一会儿，接着电筒光都向我身后移来，我轻轻地向暗处爬，渐渐地已离开了藏款子的地方。为了款子的安全，我必须迅速设法转移到别块稻田里去。因此，我又向没有人声的方向往前爬去，不知不觉竟爬到了水碓旁，水碓下面有个洞，我跃身跳到洞里。

敌人在那块稻田里搜了半天，什么也没搜到。这时只听一个粗嗓门儿的敌人埋怨说："恐怕你见到鬼了，人在哪里呀？"

"好像看到一个人钻到这块稻田里来了嘛。"这是敌暗哨的回答。

"好像？好像？你好像见到鬼了！"这又是一个敌人大着嗓门儿在埋怨。

我暗自庆幸，敌人什么也没有发现。突然在我北面响起了手榴弹的爆炸声。

于是，敌人吵吵嚷嚷地向北面跑了。趁着敌人都往手榴弹爆炸的方向跑的时候，我赶紧从洞里爬上来，定神一看，四周无人，便爬回去找款子。谁知道，找来找去找不到那块作为标记的石头，顿时急得我满头大汗。我站在田埂上一看，这么一大片稻田，究竟哪一块是我藏款子的地方？无法辨别清楚了，要是一一去找，就是找到天亮也未必能找到。怎么办？我只好去找来时跨越公路的出发地，然后再沿着原爬过的地方往前找。我爬到藏款子的大概位置，摸啊摸，好不容易摸到了那块作为标记的石头。我把石头掀开，拿起这沉甸甸的款袋子，心中像落下了一块大石头。我背好款袋子，又来到水碓旁，面对着河，心情又紧张起来了。只见河面上满是急转的旋涡，河水哗哗地拍打着两岸，这情景使人触目惊心。为了过河时不致被淹死，我想在河边搜寻一下，看看能不能找到些临时救生器材，如木头等物。这样，沿河岸找来找去，最后还是在水碓上发现了一根搁在两个架上的活动竹竿，有一丈多长，我把它当成救命物，拿着它就往河里走。

开始拄着竹竿走了十几步还没有什么事，可越往河中心走，河水越深，水流越急，竹竿再也不能当拐棍用了。怎么办？还没容得我细想，河水急流涌来，脚一滑，人完全失去了控制，一下子跌进了水里。我在水中挣扎着，一会儿沉下去，一会儿浮上来，无情的河水似乎一点人情也不讲，使劲地往我嘴巴里灌，肚子里已呛进了不少水，我拼命地抓住竹竿，想让竹竿带着我漂过河去。可竹竿太细，浮不起来，不知被水冲下去多远，肚子已装满了水，但我始终紧握着竹竿，作为我的漂浮物。这时急流冲来，竹竿随同我一块儿沉入水底。正当我挣扎着往上蹿的时候，竹竿却被夹在石缝里，怎么也拔不动。我顺着竹竿蹿出水面，舒了一口气，暗自庆幸，在这危急时刻，竹竿救了我的命。这时我身上好几处感到疼痛难受，头上流血，鼻子里充满了血腥味。但此刻更难受的是不知该怎么办，竹竿被夹在这河中，无法前进，看来只好扶着竹竿在水中等待，天亮后再做打算。

过了一会儿，突然发现河对面有个人影在来回走动，是刘全吗？细看河对面的人不像刘全。是什么人呢？是敌人？看样子不像，我判断可能是地方党的同志，要么就是一般群众。我想试探分辨清楚，便憋足气，沿着竹竿下去摸了块石头，向人影的方向扔过去。听到水响，那人站住了，向河中看看，然后又慢慢地往回走，一会儿又来了，我又扔了块石头，然后听到一个陌生的口音轻轻地喊道："河中有人吗?"

我没有应声，他也没有再喊，向南走过去了。等了一会儿，他第三次走到这里，我又摸了块石头向他扔过去，这次他没有喊，只是蹲下身子向我这里看了一会儿，突然站了起来，向北跑去了。

原来夜里发生情况时，刘全同志发现敌人在搜索我，知道这条路不能过去了，唯一的办法是转移敌人目标。他按照计划走了另一条路线，过了公路后，掷了颗手榴弹，把敌人从我这边引走了，然后他顺利地过了河，找到了地方党的同志，并和地方党的同志分头到河边来寻找我。当地方党的同志发现河中的我后，马上告诉刘全，他很快下河把我带上岸。此时，我的肚子胀得很大，头晕目眩，站也站不住。两人把我架到靠山脚下的一栋房子里，这里住着一个中年妇女和一个十二三岁的小孩。我们进屋后，那位党员同志派那中年妇女到外面去放哨，他们把我伏在一只桶上控水，水哗哗地从鼻子里、嘴巴里流了出来，顿时全身才感到舒服点。

天亮后，碉堡里派了两个敌人到村里搜查。在外面放哨的妇女跑回来报告说："敌人来了!"

这时候，我还不能走动，更不要说跑了。在这种情况下，我叫刘全同志不要管我，带上所有的东西快跑。刘全同志镇定地说："我们出发前就誓言要同生死、共患难，怎么能把你留下，背也要把你背走。"只见他和那位党员同志嘀咕了几句，并给了那位党员一颗手榴弹。这时那位妇女也对那位党员同志说："你把孩子一起带着往北跑。"然后又对刘全同志说："你把他（指我）背到屋后去，我来对付敌人。"刘全同志把我背到屋后，一起隐蔽在一个贮藏山芋的洞里。我们刚隐蔽好，敌人就到了。"你家来了什么人吗？"敌人拉动枪栓大声吼叫着。

那妇女答道："老总，你们迟来了一步，你们看，他们向北跑了。"用手指向北面，镇静地应付着。

"来了几个人？"

"两个人。"

于是敌人一边放枪，一边向北追去。敌人追了一阵，不见人影，便停下来休息。

那地下党员和小孩见敌人不追了，便掷出两颗手榴弹，这样一来，敌人又往弹响的方向追去。就这样，我们在地下党员的掩护下脱险了。

我们日夜兼程，翻山越岭，终于在第三天下午四五点钟的时候，找到了省委和司令部的驻地，见到了省委和司令部的首长，我们把款子和信件一一交给了首长。这时我俩像卸下了千斤重担，心情格外的高兴。

省委和司令部的首长看完信后，向我们了解部队的情况，问我们在路上的经过情况，我们都一一做了汇报。汇报后，首长说："你们任务完成得很出色，是好同志。"要我们休息几天，恢复一下身体再走。

我俩在司令部休息了一天，伤虽然还未痊愈，但已活动自如了，于是我们向司令部首长提出归队的要求，首长同意了我们的请求，并嘱咐我们说："回去的路上千万要注意安全，不要麻痹大意。"就这样我们辞别了省委和司令部首长。

当我们回到大队部，大队首长及战友们高兴地把我们托了起来。我把完成任务的情况向大队领导详细进行了汇报，并把首长的信交给了大队领导。大队首长当众赞许我们说："不错，你们任务完成得很好，辛苦了，我们代表全大队的指战员感谢你们。现在你们回去好好休息休息，部队又要准备行动了。"接着我们又投入了新的战斗。

从炊事员到战斗员

王水生

1934 年 7 月，我在湘赣省苏维埃政府造币厂当工人，并担任厂工会主席。由于苏区的红军主力第六军团要开往湘南，我们造币厂也开始了紧张而有秩序的疏散工作。将机器扛到深山沟里埋藏起来，年老体弱的同志动员回家，青壮年介绍到部队。我持介绍信去了独立三团。

接待我的是团部机关党支部书记刘别生同志，一见面，刘别生同志就热情地对我说："欢迎啊，王水生同志，我们部队正需要你这样棒的小伙子。"刘别生同志向我介绍了部队状况，并详细地询问了我的家庭、工作等情况。

谈话之后，刘别生同志拍了拍我的肩膀说："王水生同志，你就到我们团部炊事班工作吧，你看怎么样？"

我回答说："行，服从组织分配。"

接着，刘别生同志半真半假地笑着说："那就委屈你了，我们的工会主席。"

红六军团西征去了，留在苏区坚持斗争的部队还有4个分区的独立团和新组建的独立五团，3000多人，加上县、区游击队，共有近5000人的队伍。但由于当时的省委书记陈洪时（后叛变投敌）继续执行王明"左"倾路线，从1934年11月泰山苏区失守，到1935年2月的虎头岭战斗后，短短几个月中，部队东拼西碰，左右受挫，一部分意志薄弱者脱离了革命队伍，还有的叛变投敌。整个湘赣边区的形势十分紧张。这时省委、军区所能指挥的部队只有独立三团和五团，其他的部队都被敌人分割、包围，先后与省委、军区失去了联系，地方的各级党政组织也基本垮了。此时，我们六七个在虎头岭战斗中被打散的人员，跟随刘别生同志隐蔽在莲花县境内棋盘山上的一个深山沟里，在那里陆陆续续联络上一些失散的同志。不久，我们找到了省委，回到了离别的部队。

1935年2月，省委将独立三团和机关部分人员组成挺进队，我也被编入挺进队。全队一共有几十人，刘培善同志任队长兼政委。当时，我们挺进队虽然有几十人，但来自各个单位，大家互相不了解情况，尤其是看到敌人这么强大，对我们这支几十人的队伍能否坚持下去，有些人信心不那么足。有一次，竟有几个意志薄弱者，借口解手之机，离队走了。对此，刘政委很生气，说："他们是可耻的逃兵！"并积极地做好稳定部队情绪工作。刘政委对我们说："革命是艰苦的，是不会一帆风顺的。革命必然会遇到挫折，甚至遭到失败。但是，逆境中最能锻炼人、考验人，大浪淘沙嘛。我们闹革命就不要怕受挫折，要在失败中总结教训。"刘政委教育我们要坚定信心，要在黑暗中看到光明，要在逆境中奋力拼搏，革命是一定会成功的。从此以后，我们在刘培善同志的领导下，进入了艰难困苦的游击生活。

凶残的敌人，为了把我们肃清灭绝，从军事上、政治上到经济上，实行一系列灭绝人性的毒辣政策。敌人的军事"清剿"和经济封锁，使我们遭受到从未遇到过的困难。我们隐蔽在山沟里，不能在一个地方久留，要经常不断地变换地点，以免遭到敌人的突然袭击。既没有住房，更没有铺盖，往往是就地拢一些树叶，顺势一躺就睡。天晴时还好些，遇上雨天就更糟糕，大家只好撑把雨伞，蹲在大树底下度日子。而最大的困难，还是没有粮食和食盐。这样的生活，我们过了近半年。

在这种情况下，我们炊事员就更是难上加难了，一是没有炊具，唯一的家当就是一只瓷盆；二是没有油、盐、米、菜，"巧妇难为无米之炊"；三是为了不暴露目标，白天不能活动，一切工作都只能在晚上进行，要摸黑捡干柴，摸黑找水，摸黑挖野菜，摸黑烧火煮饭。十天半月吃不到盐，七天八天见不到米，这是常事。"春吃竹笋，夏吃杨梅，一日三餐野菜充饥。"开始几天，我们这些初生牛犊还能挺一挺，但日子一长就挺不住了，个个面黄肌瘦，人人无精打采，别说还要行军作战，就是天天躺床休息也受不了。因此，想方设法改善生活，这是我们炊事员的职责，哪怕是找到一点腥味，拾到一把米谷也是宝呀。记得有一次，我们几个人好不容易在一个山窝里捕到一只野兔，晚上，我好好地烧了两瓷盆兔肉汤，虽然无油无盐，但大家吃起来还是津津有味。看到这种情况，我心里充满了无限喜悦。

1935 年 7 月，棋盘山会议以后，党的组织得到了整顿，部队重新进行了整编。之后，我被分配在第二游击大队。当时的大队长是邱仁标同志，政治委员是罗维道同志。根据省委指示，我们第二大队的主要任务就是为部队和省委机关筹粮、筹款，解决游击队的给养。

这时，湘赣边的形势不像上半年那样吃紧了，国民党的主力部队调去"追剿"主力红军了，只留下一些地方保安团和"义勇队"对付我们。而我们经过棋盘山会议后，已经是有组织、有领导、有建制的队伍了。因此，我们经常化装成当地老百姓，深入游击区边沿的村庄做群众工作，有时也巧妙地深入敌占区去侦察情况。随着形势的好转，我们经常派出工作组下山接触群众，开展群众工作。人民群众见到我们，就像看到了希望，因此，也主动地关心支援我们，经常给我们送给养、递情报，有时把粮、油、盐等东西放在鱼篓里，压在箩筐底下，送到指定地点，我们派人去取；有时趁国民党派兵押他们上山搜山的机会，把竹竿打空，里面装上米、盐之类东西，进了山，趁敌人不备，丢在山上，唱起山歌，通知我们。

我们有了群众的支持，如鱼得水，打击敌人就有了基础，行动更加自如、方便。

1936 年初的一天，我们接到萍乡群众的报告，说发现了一个土豪埋藏东西的地窖，要我们去收缴。我们一行十几个人，在王营春大队长的带领下，当晚赶到该地，很顺利地打开了地窖。大家高高兴兴地背着收缴到的食盐、布匹、大米，当晚返回柑子山的一个草棚里休息。然而，我们的行动被敌人察觉了，他们尾随而来，我们也没有发现，待我们脱下草鞋准备躺下休息时，敌人已摸到了棚子跟前。哨兵发现后，即放了一枪，我们迅即四处突围。那天，天黑得伸手不见五指，我光着脚，一股劲地往深山里跑，跑着、跑着，来到悬崖上也不知道，一脚踏空，从悬崖上摔了下去，当即不省人事，昏了过去。直到半夜苏醒过来时，腰痛得像断了似的，伸手一摸，才知道脊梁骨的第三节摔断了。因天黑，辨不清方向；用暗号联络，又没有回音。在这种情况下，我心里倒很冷静，忍着伤痛，顺着山洼慢慢往上爬。天亮时，我好不容易爬到了半山坡，但已是精疲力竭，腰痛难忍，于是就势一躺，在一棵大树底下昏睡了过去。待我醒来时，已有几位战友坐在我的身边。他们见我醒来后，就轮流把我背到一条深山沟里，隐蔽在一个山洞里养伤。这次，我们几个人，整整三天两夜没吃一点东西。后来，我们失散的同志又陆陆续续地集结到了一起。经过一段时间，我的腰伤也有了好转。

一天，王萱春同志来到我养伤的山洞，对我说："王水生同志，组织上考虑到你的情况，一时跟部队行动不方便，决定派你去看押土豪，在那里比较安定，一则你可以继续参加工作，二则也可以养伤。"我回答说："谢谢组织上的关心，不论到哪里去，我都一定把任务完成好。"

当天晚上，我暂时离别朝夕相处的战友，奔向新的工作岗位。第二天，来到我们游击队当时关押土豪的地方——湖南攸县上下坪。这里关了六七个人，有的是土豪，有的是土豪的妻子，有的是土豪的女儿。我们负责看押的同志有四五个人，杨步青同志也在这里，他专门负责经济和财物。

1936年5月，湘赣游击司令部教导队先后从各单位抽调50多人参加学习，我也被抽了去。与我一块儿去的还有叶凤开、李云诚等同志。教导队长是曾开福兼任，副队长是彭士元。教导队的学习生活是丰富多彩的，既学军事，又学政治，有机会还参加一些战斗。这是我们学员最感兴趣的事。学习期间，敌人一个别动队到攸县周家屋来收税，曾开福带领我们学员打了一个漂亮的埋伏，敌人全部被俘，缴获步枪12支，快慢机1支，子弹100多发。接着，又在茶陵分水坳敲掉敌人一个碉堡。

1936年10月，令人难忘的学习生活结束了，我被分配到了一大队，我心里可高兴啦。几年来我虽然是游击队员，也参加过一些战斗，但自己还是干后勤工作多，一直盼望到战斗分队去，这次如愿以偿，我怎能不高兴呢？

我到一大队后的 1937 年 3 月 9 日，我们接到地下党送来的情报，说国民党安福县县长朱孟珍到了洲湖镇搜刮民脂民膏。段焕竞、刘培善立即命令我们做好准备，随时出发参加战斗。接到命令后，战友们把枪擦得亮亮的，盼望着出发时间早点到来。晚饭后，段焕竞、刘培善同志带领我们从驻地安福县的七都山出发，直插洲湖镇，天亮之前就解决了战斗。在此次战斗中，我在主攻分队，与李必明同志一道扛梯子。战斗一打响，我们不顾一切地往前冲，很快就架起了梯子，为部队前进开辟了通道。

从那以后，我们经常出其不意地袭击敌人。莲花县门塘有一个大地主，在他家附近修了座大碉堡，组织了个"义勇队"，买了 26 支步枪和 1 支驳壳枪。大队领导派我们四个人去拔这个钉子。接受任务后，我们有的化装成卖布做生意的，有的装扮成算命先生，拉着二胡，挑着担子往里转，乘其不备，将"义勇队"全部活捉缴械。

在莲花县路口区的刘家祠堂边，敌人也建了两座碉堡，还开了两个店铺，一个是杂货店，一个是药店。这次，我们去了七个人，化装成做生意的小贩，扛着扁担，挑着布袋，混了进去。当时，敌人正在打麻将，我们一枪未发将其全部活捉。

记得还有一次，我们攻打一座碉堡，敌人事先有警觉，待我们靠近时，他们就放枪，使我们进退两难，如硬拼必然会造成伤亡，如放弃拔这个钉子，对我们游击队是个威胁。

最后，我想了个办法，找来辣椒和煤油，混在一起放在敌碉堡口上烧，烟顺风势往碉堡里灌，这个办法很奏效，碉堡里的敌人被辣椒烟熏得眼泪直流，都乖乖地举起双手投降。

就是这样，我们这群游击健儿凭着对党对人民的一片忠诚，在斗争中越战越强，茁壮成长。

战斗在永安莲边界

周其明

1934 年，我在湘赣军区独立一团当战士。10 月，独立一团与省委失去了联系，成了一支孤军，在永（新）安（福）莲（花）边界的铁镜山等地活动。后来，由于反动派无休止地搜山"清剿"，斗争十分残酷。在外无援兵、内缺粮草的情况下，独立一团经过几个月的浴血奋战，数百人的队伍最后只剩下数人。

10 月中旬，湘赣省党政军机关和独立五团从永新牛田地区向安福县泰山区转移后，国民党军便向我们独立一团和永新县委驻地周家坊一带发动了大规模的进攻，我们团和永新县委被迫向永新、安福边境转移。部队进入这一地区后，伺机开展歼民团、烧碉堡、打土豪筹款的活动，有力地打击了敌人的嚣张气焰。记得我们到这里不久，就袭击了安福县坪桥区公所，俘虏区公所守敌义勇队十多人，还缴获了不少的枪支弹药。这一仗打得干净利索，大长了我军的士气。这次战斗结束后，部队又决定攻取该区一座驻有重兵的大碉堡。当时，按我们的兵力和士气，要攻下这座大碉堡是完全没有问题的，但由于坪桥区苏主席投敌叛变，将我们的行动计划报告了保安团，结果，敌人抢先出动了大量兵力来"围攻"我们，而我们对这些情况却一无所知。当部队到达目的地，准备向碉堡发动进攻时，早已埋伏在碉堡四周的敌人向我们开火了。这突变的情况，搞得我们措手不及，被迫仓促反击。但敌人的包围圈越缩越小，团领导见情况十分危险，果断组织部队突围，经过一场激战，终于杀开了一条血路，突出了敌人的包围圈，但部队伤亡较大，还有一部分人被敌俘虏。

我是当时的被俘人员之一，被俘后，我们被关在坪桥的一个"义勇队"队部。在这里，敌人虽然很凶狠，但却很少认真履行看守"犯人"的职责，经常在俘房营外喝酒行乐，酒醉之后就打瞌睡，对我们的行动很少过问。看到这种情况，我就对另一战士说，找机会跑出去。这个战士做了个表示同意的手势。第二天清晨，乘敌人还在酣睡之机，我们逃出了看守所。但不巧，又被另一个岗哨发现，我们拼命跑，敌人就在后面使劲追，好在前面就是一座山，我们用尽全身力气往山里钻，敌人看我们藏入了深山密林中，追也没有用了，才败兴归去。

在山上奔跑了一阵后，我们找到了独立一团原来的驻地，然而却不见一人，由于一天的疲劳奔波，又近黄昏，于是我们便在原驻地休息。心想，这下完了，部队是找不到了。待我们躺下正要迷迷糊糊睡觉的时候，忽然发现有动静，我们立即警惕起来，隐蔽地观察着，发现一个人正朝我们这边走来，待来人走到近前，仔细一看，原来是我们的一位战士，他也是从"义勇队"看守所里逃出来的。这时，我们三个人碰在一起，心里更踏实，大家都说可能还会有同志到来。果然过了不久，又陆续来了三个，到最后，一共有六个人。人多了，信心也足了，我们便决定一块儿出去找部队。

第二天，当我们六个人正在一座山下行走的时候，发现正前方有一小股队伍正朝我们的方向走来。出于警惕，我们立即停止前进。但一想，敌人平日是不会轻易进山的，也许是我们的人吧！于是，继续往前走，可没走几步，就清楚地看到，来的不是自己的队伍而是敌人，这时敌人已逼近我们，要逃也逃不脱了。敌人见我们衣衫褴褛、疲惫不堪的模样，便断定我们是红军，于是团团围住，用刺刀逼近我们，对我们进行威胁逼问："红军在哪里，出来干什么，共有多少人？"这时，走在前边的那位战士用巧妙的语言应付着敌人。敌人似乎有些相信，便慢慢地松开了包围圈，放下了刺刀，但是仍继续审问着走在前面的几位战士。当时，我走在后边，乘着敌人对前面战士审问之机，便迅速溜进了一个柴草棚里，巧妙地脱了险，当敌人审问完毕，准备将我们的同志押走时，突然发现少了一个人，才开始搜寻。但这时我已逃到另一个山坡上，敌人没有找到人，只好放了一把火，点燃了山上的茅草，这才走了。

在另一个山头上，我意外地发现了一个棚子，里面还有几个空"床铺"、一个孵小鸭用的木桶。很明显，这是我们部队安的一个"小家"。我仔细地观察了棚子里的摆设和棚子周围的环境，似乎敌人还没有发现这个地方，于是，我就暂时在这里住下来，等待我们部队回"家"。晚上，我把木桶放倒，钻进去睡觉。几天没有睡好觉，一躺进去就呼呼睡着了，一觉醒来天已大亮，我就在山上采些野果子充饥，这样一直过了三天。到第三天晚上，我睡得正香的时候，突然有人把我从桶里拖了出来，睁开眼睛一看，是我们的同志来了，有20多人。这天晚上，棚子里特别热闹，同志们有说有笑，一直到深夜。

为了求得生存与发展，我们经过一番研究，认为当前敌强我弱，山下到处都有敌人的碉堡，交通要道也都被敌人封锁，要回禾山寻找部队是不可能的，只有分散游击才是积蓄力量、保存自己的妥善办法。于是，我们就决定在铁镜山一带山区活动。一天，得到一个情报，说莲花境内的敌人已撤走了，留下的是地方保安团。我们想，如果莲花境内没有重兵，转道莲花去禾山是可能的，那里有我们的工作基础，说不定还能找到部队的领导机关。于是，我们立即派出人员去莲花侦察敌情。侦察结果证明：莲花境内的国民党驻军确实已经调走了。这样，我们从铁镜山出发，经过莲花境内转到了禾山。

到了禾山后，情况与我们预想的完全不一样，根本见不到部队的踪影，连我们过去在山上搭的茅棚子，都一个个不见了。我们感到失望，部队在山上转了几转，心里很不是滋味。这时，我们碰见了一个砍柴的老人，便上前去打听红军情况，老人告诉我们说："红军早就走了。"看来部队是无法找到了。于是，我们商量决定派出 12 名战士，穿着先前缴到的国民党军装，下到山下的一个村子里去找国民党的保长，一方面想通过保长搞些给养，另一方面想了解红军游击队和敌人的真实情况。12 名战士伪装国民党军下了山，很快就找到了山下村子里的一位保长。保长看到我们是"国军"，倒很殷勤，除招呼我们喝茶、抽烟外，对我们所提出的问题，他都能如实给予回答。他告诉我们说：禾山没有红军部队；永新城里国军数量不多；在铁镜山的作述区储藏了粮食；等等。这些大致与我们之后了解到的情况是相一致的。得到这些情况后，我们立即下山，决定袭击永新城，显示一下威风。

一路上，我们且战且走，还收容了我们的一些游击队员，人数又有增多，当时大家一心只想着打永新县城，因此对于沿途的敌情似乎满不在乎。所以到涅田时，我们在未弄清敌情的情况下就主动进行出击，想借此来鼓舞士气。但这种行动太鲁莽了，涅田敌人实力很强，不仅没有打垮敌人，还差点被他们吃掉了。第二天转道到沙市，为了先发制人，我们放了一排枪，大概敌人看到我们来势较猛，而守敌也不多，我们侥幸地通过了。再往前走，发现敌岗哨更多，戒备也更严。情况表明，攻打县城的路是走不通了。在无可奈何的情况下，我们只好往回撤，经木江返回禾山，部队进行了休整，然后又转移到铁镜山。

到了铁镜山，我们首先想到的是去作述区搞粮食。一进入作述区，便对区公所附近的两座碉堡进行突然袭击。先攻克了其中一座，缴到了几条枪，接着又攻第二座。但这座碉堡与前座不尽相同，碉堡的底层没有门，门在上一层，完全靠楼梯进出。心想要攻克这样的碉堡，是比较困难的。但我们还是集中火力进行强攻，结果出乎意料，里面不但没有任何反抗，而且竟有敌人在喊话："不要放枪，我们投降！"然而敌人只喊不出来，我们却急了，便又集中火力猛攻，而且开始搭人梯上碉堡。待我们进入碉堡后，才知道敌人是怕我们不相信他们会真的投降，因此一直不敢出来，现在敌人果真乖乖地投降了，并将碉堡内的 14 支枪全交给了我们。战斗一结束，我们正准备吃饭，敌人的大批援兵已到，饭吃不成了，我们立即撤出村子，抢占制高点，又同敌人进行了一场激战。

待敌人撤退之后，我们离开了区公所所在地，到群众中去筹集粮食。但是群众与过去大不相同了，情绪很低落，见到我们话语很少，一举一动都是小心翼翼的。这也难怪他们，因为在这残酷的斗争环境中，群众受的苦也够多了，当我们取出银圆和衣服，要求与他们兑换粮食，他们都不敢答应。没办法，我们只好离开这里，来到了莲花境内活动。

在莲花，由于消息不灵和情报不准，所以我们的活动更为盲目，以致招来以后更大的损失。有一天，我们贸然行进到莲花县城附近的一个敌人据点处。在情况不明的情况下，对据点里的碉堡发动攻击。这座碉堡是敌人在莲花城外的一座重要军事设施，规模较大，我们发动攻击时，没有受到碉堡里的反击，但就是进不去，打了一阵枪之后，我们采取了火攻，找来茅草和干柴，正准备堆到碉堡门前时，敌人突然一起向我们射击，子弹像雨点般地落下来，我们招架不住，所有的人员几乎都受伤了，队伍也被打垮了。我带伤滚到了一条茅草沟里，待到天黑，才回到了莲花老家。

在家乡，土豪劣绅正在乘难打劫，迫害红军家属和干部，看来，在家里是不能待了，只好带着妻子再次回到禾山，期望在这里能碰上我们的部队和失散人员。但与上次一样，禾山还是一个人也找不到。当我们下山时，却看到一群孩子，一个个骨瘦如柴，表情凄苦。一问，才知道他们都是失去了父母和亲人的孤儿，也是到山上来找红军的。见了这群红军后代，更使我心情沉重。但有什么办法呢？此时此刻，我无力相助。我俩继续往前走，在另一个山头上碰上了原永新县政治保卫局的八个人，他们同我们的命运一个样，因无法行动而困在山上。粮食快吃完了，但出于革命友谊，分别时，他们还是给了我俩一碗豆子和一碗米。靠这点粮食，我们在山上又转了好几天，这期间又陆续聚集了几个人，但由于粮食困难，又无法找到部队，实在是难以待下去，只好分散行动，并约定再次会合地点。

　　我又一次地转回莲花老家，不久，听一个亲戚说，谭余保的游击队到了附近的村子里抓土豪，这突如其来的消息，使我很振奋。心想，革命的火焰是扑不灭的，我要坚持下去。于是，又促使我第三次回到了禾山。在那里等了几天，但只碰上了原来约定会合的一个同志，其他同志都没有到。我想再等，也无济于事。不得已，我俩又分散下了山。从此，我只好告别了禾山，告别了我为之战斗的湘赣边区，告别了家乡，来到湖南长沙当了一个码头工人。

三年游击战中的独立四团 *

顾星奎

1934 年底，湘赣边的红军主力部队突围西征时，独立四团为掩护红六军团十七、十八师而开往湘南。到达资兴时，团长李宗保要求带四团继续跟随红六军团前进。但六军团军政委员会主席任弼时，却命令独立四团返回湘赣苏区坚持斗争，保卫湘赣苏区。这样，李宗保只好含着眼泪告别红六军团领导和战友，率领部队从资兴的车江出发，返回湘赣苏区。

独立四团返回湘赣苏区时，是分两路行动的。大部分人由李宗保带领，我是一名班长，由资兴出发，经桂东到酃县；另一路 300 多人，由一营营长宋月章带领，从资兴出发，经青铜时遭国民党军包围，虽然经激战我们突出了包围，但损失很大，最后仅剩下 28 人。两路人马在酃县集合

＊ 本文原标题为《独立四团组建前后》，收录时做了适当修改。

后，进行了整顿，并将酃县、遂川的游击队编入四团。

独立四团在酃县整顿补充后，经遂川到了井冈山脚下，在永新牛田与泰和碧溪一带开展活动。这时形势十分紧张，在敌军的“进剿”下，苏区的许多城镇相继沦陷。湘赣省委、省苏及湘赣军区机关已经转移到安福县的武功山去了，我们独立四团在遂（川）万（安）泰（和）地区活动了一段时间，由于敌人频繁的“围剿”，各项工作不好开展，难于立脚，也只好进行转移。我们经江西上犹、崇义，进入湘南的酃县，然后到了桂东、汝城、资兴、永兴等地活动。

1935 年 2 月，我们离开了资汝桂边的崇山峻岭，向永兴进发。数日内连续与反动的地方武装作战。1935 年春节后，部队来到皮石，在七十担村住宿。开始，老百姓不知道我们是什么部队，很害怕。经过反复宣传，群众才知道我们是红军，开始亲近我们了。

部队进入永兴地界的那一天，在一个叫黄泥水的地方，跟永兴反动地方武装打了一仗。仗打得很不理想，我们部队损失较大。连续艰苦的行军和战斗的受挫，使部分同志情绪不高，部队士气受到影响，大多数战士要求返回资兴。这时，李宗保听取了这些同志的意见，带着部队返回资兴。沿途又遭敌阻击，打了不少仗，人数越来越少。没有可以落脚的地方，部队得不到休整，人员得不到补充，给养也很困难。为此，我们沿途采取“吊羊”的办法，打土豪筹款。

到了资兴，部队驻在连坪的七流星。这里山高林密，便于隐蔽，战士们在这里搭了棚子住下。这期间，部队分散活动，"吊羊"筹款维持部队生活，对群众秋毫无犯。部队所到之处，打击土豪，发动群众，宣传革命，深得群众的拥护和支持。但国民党反动派则对我们恨得要命，视我们为眼中钉、肉中刺，"清剿"日甚一日。1935年春，国民党郴州专署专员兼保安司令欧冠坐镇资（兴）、永（兴），发誓要消灭我们这支部队。敌人除军事"进剿"外，还在群众中制造白色恐怖，诬蔑红军，不准群众跟红军接近，甚至在水井中投放毒药。与此同时，土豪劣绅还经常派出岗哨，一看到山上有烟火就强迫老百姓迁居，使我们得不到群众的帮助。有时，我们好几天吃不上饭，伤病员得不到医治，致使许多同志被伤病夺去了生命。部分指战员情绪低落，有的开始对革命前途丧失信心；有的开小差，脱离了革命队伍；还有的叛变了革命，成了可耻的叛徒。

3月的一天，我们这支仅剩500来人的队伍，在行军途中，突然遭受到两支地方反动武装的夹击。经过一场恶战，虽突出了包围，但损失很大，伤员颇多，还有一部分人员被冲散，不知去向。李宗保也一蹶不振，战士们的情绪更为低落。当天晚上，李宗保放回了被俘人员，自带1个连和1个自动步枪班约50人下山，到国民党青腰圩区公所投降。第三天，李宗保到了资兴县城，湖南军阀何键封他为上校招抚员，在资兴一带专做反共反人民的招抚工作。

不久，李宗保便带着敌人来"清剿"我们独立四团。

在桂东县的八面山，我们遭到了敌人的多次围攻，部队损失严重。旷珠权退到沙田圩桥旁炮楼前也投降了敌人。在这生死关头，方维夏等同志坚贞不屈，克服重重困难，收集整顿了独立四团剩下来的八九十人枪，转移到东边山的上下樟，与桂东地下党一起，继续坚持战斗。

我们三连九班转移到了西边山坚持斗争。这时，全班有11个人，7支枪。班长是肖治国，他革命不坚定，见李宗保、旷珠权等人投敌叛变，也悲观失望，企图带我们去投靠敌人，结果被我们杀了。大家推选游世雄为队长，我为政治委员，组成了一支有7支枪、11个人的游击队。以后由我接替游世雄同志担任游击队的队长兼政委。不久，敌人调动了正规部队，以叛徒李宗保为向导，大举进攻东边山。一场恶战之后，东边山仅存有一支20余人的游击队，由周礼、王赤和江德辉带到了西边山，与我们西边山游击队会合，组成湘南游击队，赵书良任队长，王赤任政委。

后来，我们在艰苦的斗争中顽强地坚持了下来，这支游击队下山抗日时，已扩大到90多人。

三女跳崖

郁怡花

1934 年，洋溪区委、区苏维埃政府驻扎在洋溪的田里村，离安福县苏维埃政府驻地洋溪镇 10 公里。那时，我是洋溪区的妇女干部，工作任务主要是优抚工作。

1934 年秋天，国民党军队大举进攻安福苏区，由于敌众我寡，洋溪失陷，县、区机关被迫转移。我们洋溪区机关随同县级机关一起搬迁到了泰山苏区。这时，不仅安福县委、县苏机关搬到了这里，莲花县、萍乡县的党政机关也相继撤到了这一带，干部很多，难民也不少。因此，在这期间，武功山下的泰山、章庄一带到处可见难民群，安置"难民"便成了当时各级苏维埃政府的一项刻不容缓的繁重工作。

当时做安置难民工作也需要经费，但经费的来源主要靠打土豪筹款得来，打土豪得来的钱多可以多给点，钱少则给少一点。1934 年冬的一天，我们跟随着游击队到安福与宜春交界的一个地方打土豪。这个土豪开了四家店，是附近有名的"财神"。游击队一到那里，便将"财神"的住屋包围起来，然后喊话，叫"财神"开门出来，要他借2000元现洋给我们。但这个"财神"不敢出来，后来我们的游击战士冲了进去，找到了这个"财神"。"财神"吓得直打哆嗦，跪在我们面前作揖求饶，要我们不要枪毙他。经我们解释，说明我们是红军游击队，是不随便杀人的，国民党反动军队将我们围困在山上，我们是为了找"出路"，向他们有钱的人"借"点钱。"财神"听后，心神稍为安定些，却推说没有那么多钱，最多只能借500元。我们不答应。后来他的大儿子出来说借给1000元，我们还是不答应，最后借了1500元。从这次筹借的款项中，拿出了200元作为安置难民经费，其余款子则全部上缴给省苏维埃政府。

过了一两天，我们难民安置工作组一行五六人，由安福县苏维埃政府内务部代理部长李发姑带领，前往武功山下的白多坪一带慰问难民。到达后，洋溪难民团的团长刘断英接待了我们，并向我们工作组介绍了当地难民的情况，然后我们便对难民进行慰问，结束后，工作组的刘成、张彩萍、戴梅兴等便返回泰山去了，留下了我和李发姑与刘断英一道继续做难民的疏散工作。

一天晚上，乌云密布，李发姑带着我和刘断英去做安置工作，刚开完会，便被敌人发现，国民党保安团便包围了我们，情况十分紧急。我们迅速组织难民转移到山上隐蔽。我们三人也在就近的山腰里找了个石洞，想暂避一下，以便观察敌人的情况，然后再做主张。这时，敌人的枪声渐渐逼近，山下敌人大声嘶叫"冲呀！""杀呀！"在这漆黑的夜里，伸手不见五指，辨不清方向。敌人的电筒漫山遍野地闪烁着。该怎么办？眼看着"难民"们要遭到不幸，我们心急如焚，敌人的子弹穿梭似的从头顶飞过，不远的树林里闪着手电筒光，敌人离我们越来越近了。

在这紧急关头，发姑对我们说："情况紧急，我们要设法使群众免受损失。"

我说："为了挽救群众，只有暴露我们自己，让敌人来追击我们。"断英也同意这样做。于是我们三人便凭着地形熟悉的优势，选定了一个突破口，往山上冲去，并且沿途叫喊着。

敌人被我们三人调开了，荷枪实弹的敌人像一群疯狗似的往山上追赶我们，为首的还大声喊叫："抓土匪婆！""不要开枪，要抓活的！"……

我们爬上了山顶，回头看，面前是蜂拥而上的敌人，黑压压的一大片；背后则是悬崖陡壁，无路可走；下面黑洞洞的，看不见底。凭我们的记忆断定，这里就是有名的千丈崖了。这时，我们三人只有一个共同的念头："宁可牺牲，也不能落在敌人手里当俘虏，更不能做革命的叛徒，向敌人举手投降。"这时，李发姑拉了一下我的衣角，悄悄地说："跳崖！"

我们刚走到崖边，敌人已经追到距我们二三十米的地方，好几十支手电筒一起向我们射过来了。这时，刘断英第一个跳下了悬崖，接着我和李发姑也跳了下去。

第二天早晨，我从昏迷中醒了过来，觉得浑身疼痛。这时，我也不知道躺在什么地方，是被反动派关进了囚笼吗？不，我是从九丈多高的崖上跳下去的，绝不会落在敌人手里。我定了定神，睁眼一看，东方已经出现了曙光，向四周环视了一下，自己躺在茅草丛生的地上，没有看见其他人。于是，我咬着牙忍着痛，用左手撑着，把身躯慢慢地移动了一下，四肢一点力气也没有，浑身又冷又痛。看看全身，已碰得伤痕累累，右边的手、脚也跌伤了，腰也跌坏了，衣服被崖石和树枝撕破了。

我静静地听了一会儿，在哗哗的流水声中夹杂着呻吟声。我低声地喊："断英！断英！是你吗？"

随着水流声传来："怡花，是我……你，你还活着！过来，快过来！"

我忍着痛，侧着身子，用左手扒着地，挪着身躯，慢慢地爬出草丛。一看不是断英，而是血肉模糊的发姑同志。

她靠在一棵树边，呜咽着对我说："断英同志已经牺牲了。"于是，我们两人便向刘断英的遗体爬去，拿出自己的手帕，盖在断英的脸上，然后草草地掩埋了她的尸体。

然后，我们两个商量了一下，决定爬出去。只要活着，就一定要找到组织，继续坚持革命斗争，为自己的战友报仇。于是我们两人便朝沟口爬去。

虎头岭战斗*

刘木郎

1934 年 8 月，湘赣主力红军六军团突围西征后，湘赣省委和军区率领部队，以武功山为依托，在广大人民群众的支持和配合下，与敌进行了英勇顽强的斗争。

农历年刚过，莲花方向有人传来消息，说钱山、路口一带的莲花保安团已经撤走了，也没有国民党的正规部队，只有一些地主武装留驻。得到这个消息，大家都很高兴。省委决定由彭辉明司令员率独立三、五团向莲花县的路口、五里山一带前进，沿途打土豪筹款子，扩大红军的影响。

红军的行动，吓得这一带的土豪劣绅纷纷逃往莲花县城，向莲花保安十团求救。保安团团长陈刚维是个叛徒，他得到这个消息以后，也十分惊慌，急忙向萍乡保安四团求援，请求派兵联合"清剿"红军游击队。当时，萍乡保安

---

* 本文原标题为《虎头岭战斗前后》，收录时做了适当修改。

四团有四五百人枪，莲花保安十团有 300 多人枪，还有机枪连，有 3 挺机枪。他们经过密谋，约定了时间，决定合并一处，联合在五里山一带"清剿"红军游击队。

当彭辉明司令员率领独立三、五团进入五里山，来到虎头岭时，天已黄昏，气候又冷，便就在虎头岭宿营。虎头岭是五里山中的一个小村庄，有二三十户人家，农历年底反动派在这里大搞"移民并村"。把虎头岭的房子统统烧毁，群众被赶下山集中住在山下的闪石、暖水江一带。春节过后，为了春耕生产，群众又陆续地搬回山上，砍茅叶、刮树皮，在被敌人烧毁的废墟上，重新搭起茅棚。这时，虎头岭的群众见到红军游击队，好像见到久别的亲人一样，纷纷向红军游击队哭诉反动派的罪恶，并且杀猪慰劳红军战士。吃着群众送来的食品，望着满村的残墙断壁，一片凄凉的情景，彭辉明司令员无比愤慨地对战士们说："反动派残酷欺压百姓，群众希望严惩反动派，我们一定要打好仗，为群众报仇。"

莲花保安十团和萍乡保安四团探得红军游击队向五里山、虎头岭一带行动的消息后，便从莲花县的高陂直扑虎头岭。途中抓到一个砍柴的农民，问他红军游击队有多少人从这里经过。砍柴的人伸出一个巴掌说，听说是五团。敌人一听，以为红军来了 5 个团，吓得不敢前进，只好就地宿营，准备探实消息后，第二天再向红军游击队进攻。

第二天，大雪纷飞，天亮后，敌人便开始向虎头岭进攻。这时，红军游击队在虎头岭山头上的排哨，发现白茫茫的山坡下有无数黑影在不停地蠕动着。哨兵连喊了几声口令，对方都没有回答，便端起枪，"乒！乒！乒！"放了一排枪。枪声一响，敌人从四面八方向我阵地扑来，我独立三、五团听见枪声，立即投入战斗。顿时机枪声、手榴弹爆炸声交织成一片。

战斗一开始，敌人依仗人多势众，又有三挺机枪掩护，很快就夺去了我虎头岭制高点，接着，又分左右两路向我部队包抄过来。这时，形势对我军极为不利，前面山头被敌占领，敌人可以居高临下，后面是村子，红军必须掩护群众。在这处境十分危急的情况下，彭辉明同志镇定从容，不顾自己安危，将手枪一挥，喊道："同志们！冲呀！跟我把前面的敌人消灭掉！"战士们在彭辉明的带领下，一个劲地往前冲。敌人在我们猛烈的攻击下，阵脚大乱，开始往后撤了。

突然，彭司令员身体一晃，一颗子弹击中了他。但他清楚地意识到，在这时候，如果自己一旦退下火线，将会影响部队的士气，于战斗不利。他咬紧牙关，仍然从容地指挥战斗，带领游击队一举攻下了虎头岭前面的几个山头，将敌人压到山下。萍乡保安四团见形势不妙，首先撤出战斗，往上元坪方向逃窜。莲花保安十团团长陈刚维急了，命令士兵拼死顶住，但哪里能阻挡红军游击队的攻击。这时天已傍晚，经过一阵短兵相接的肉搏战，保安四团为了逃命，把枪和子弹带往柴棚里一丢，拔腿就跑，溃不成军。

这次战斗，消灭莲花保安十团1个大队，还在柴棚里搜到敌人 36 支枪和不少子弹。大家都高兴地跳起来，有的唱山歌，有的唱小调，朝虎头岭走。突然，团部传来一个不幸的消息，我们的彭辉明司令员在战斗中，身上五处中弹，由于未能及时抢救，流血过多，已经英勇地牺牲了。

正在走着的战士停止了脚步，歌声、笑声也没有了。

彭司令员安详地躺在用树枝扎成的担架上，我们全体干部战士肃立在他的担架旁，最后一次瞻仰他的遗容。想起他平时对我们的关怀和教育，大家的眼里都涌出了泪水，心里默默地向他宣誓：

"彭司令员，我们一定要继承你的遗志，打垮反动派，为你报仇！"

"我们要和反动派清算这笔血债！"

当地的群众和我们一道都参加了彭司令员的葬礼。军民一道，一锄一铲，为彭司令员修了一个小小的墓堆。

彭司令员葬礼完成后，部队便向武功山方向回撤。

湘赣游击第三大队[*]

刘　群　彭寿生

1935 年 8 月，中共湘赣临时省委根据棋盘山会议的决定，派谭汤池、段焕竞等前往萍（乡）宜（春）安（福）地区寻找失散的革命武装。谭、段等同志经过一段时间的深入探访、艰苦辗转，终于在安福县的七都山找到了我们宜（春）萍（乡）游击队。省委找到我们后，将我们改编为湘赣游击队三大队。下辖 3 个分队，彭寿生任一分队队长。由于红军游击队在经济给养方面存在一定困难，部队所需的钱粮一般都是靠打土豪筹集。省委要求我们大队每月筹款2000 元至 2500 元。

1936 年 12 月的一天夜里，伸手不见五指。我们悄悄地离开了驻地，赶到离县城四五里的城南，分头包围了三个土豪宅院，没放一枪就活捉了三个土豪，并收缴到一些黄金、

---

　　* 本文原标题为《回顾三大队的战斗历程》，收录时做了适当修改。

500多块银圆及一些钞票。但这时天已渐亮，要连夜赶回北乡，显然已经来不及了。于是，我们就在坪桥附近的谷源山上分散隐蔽起来，准备待天黑后再返回驻地。

天亮后，被我们抓走的那三个土豪的亲属、狗腿子纷纷跑到县城报告，说他们家的老板被"共匪"抓走，家也被抄了。有一个土豪的老婆还哭泣着对驻军说："老总，我家被抢走了三四斤黄金，几千块银圆（其实只有300多块银圆），你们如果把共匪消灭了，缴去的金银全归你们，只要把老板本人救回就行了，我们一定设酒宴慰劳长官和兄弟们。"并说："红军人数不多，还未返回北乡，就躲在坪桥附近的山里。"这些愚蠢、贪财的敌人，信以为真，他们想发红军游击队的洋财，决定在坪桥伏击我们。

那天，我们带着三个土豪隐蔽在山上，大队领导感到这次行动不比往常，以往打土豪筹款都是当天返回，可这次不仅当天没来得及返回，而且这里离县城很近，土豪劣绅的家属肯定会到县城去报告保安团来阻击我们。为了防止意外，刘大队长、郭政委召集各分队长开会。大家都认为领导的分析是正确的。如果按照我们以往的规律行动，势必要遭到敌人的伏击，因为敌人已掌握了我们都是深夜行动的规律。为防不测，会议决定部队提前行动，并对具体的行动方案做了部署。

根据大队的决定，夜幕刚降临，部队就出发了。一分队走在前面，三分队押着土豪走在后面，如遇有情况，由一分队进行抗击；三分队一定要把土豪押好，不准逃跑一个。同时，从一分队选派了三个身强力壮的战士当尖兵（其中有曾旦生），搜索前进。当我们的尖兵刚到坪桥边，就听见前面的村上和庙里有动静。于是赶紧传话给后面分队："快点过桥！"当部队走到河边茅坑前就听到对面有人叫喊："口令！"我尖兵迅速冲上前去，想抓获敌人，但这时敌人的枪声已响了。接着，大批敌人从村里、庙里冲了出来，顿时枪声大作。我们随即投入了紧张的战斗。这时，我们4支铜号，从不同的方向吹响，为战斗助威，敌人被搞得晕头转向，一时摸不清我们有几支部队，以为遇上了红军主力，于是他们便仓皇逃跑。甚至有一些敌人连人带枪掉进了村边的露天大粪坑里。紧接着我们乘势冲杀过去，只用了几十分钟，就结束了战斗。俘虏了20多个敌人，缴获步枪20多支，冲锋枪1支，子弹数百发；而我军无一伤亡。战斗结束后，从俘虏嘴里得知，敌人出动了一个大队300多人，现还尚未全部到达。因敌人十倍于我们（我们只有30多人），政委郭猛、大队长刘保禄决定赶快转移。对俘虏除杀了几个顽固的外，余下的每人发一块银圆，叫他们带着宣传品回去。并告诫他们，我们红军主力一定会回来的，要他们脱离敌人，回家种地，重新做人。

我们迅速通过了敌人的封锁线——安福至莲花公路。天亮后，我们翻过几座山头，回到了安福县严田以北浒坑山里宿营地。一到宿营地，每个人都清理和上交了在土豪家及坪桥战斗中缴到的战利品。

这一仗打得好，敌人虽然出动了300多人，但由于敌军未全部赶到坪桥，加上我们一接触战斗就虚张声势，枪号齐鸣，打得敌人措手不及；稍得手后，又迅速撤离战场，故而取得了以少胜多的大胜利。

我们大队不仅在筹款筹粮的过程中时常与敌人发生战斗，而且经常协同游击司令部出击敌人。1937年3月夜袭安福洲湖镇的战斗，我们连（1936年底大队改称连）和一、四连一起参加了。

洲湖是我们三连的活动范围，我们在这一带有较好的群众基础，建立了党小组和地下交通站。3月上旬的一天，地下交通站的同志来向我们报告说，新上任的安福县县长朱孟珍到洲湖镇视察，布置对北乡一带山区的"清剿"。我们大队得到消息后，将这个情况马上报告了游击司令部。司令部决定先发制人，奇袭洲湖镇，狠狠打击敌人的嚣张气焰。

3月9日，司令部从一、四连挑选出部分强壮的战士，会同三连全体指战员，共100多人，由团长段焕竞、政治委员刘培善亲自率领，从安福七都山出发，越过杨梅山、谷源山，冒着狂风暴雨疾行40余公里，以迅雷不及掩耳之势，直插洲湖镇。到达洲湖后，兵分两路，我们三连直捣敌区公所；一、四连攻打敌碉堡。当我们大队冲进区公所后，敌人还在睡大觉，于是轻而易举地缴了警卫队的枪，县长也被我们从床上抓了下来。经过一个多小时的战斗，全歼敌保安中队和警卫队，当场击毙了保安队中队长欧阳根，活捉了安福县县长朱孟珍。战斗结束后，在群众的强烈要求下处决了罪恶累累的县长朱孟珍，释放了全部俘虏。我们满载着战利品，胜利地返回驻地。这一仗给敌人以沉重打击，使游击队的声威大震。

湘赣省机关教导队[*]

李云诚

  1936 年 8 月，组织上把我从湘赣游击队二大队调到湘赣省机关教导队当战士。省教导队共有 3 个班，一班为警卫班，负责省党政军主要领导的安全保卫，全部装备短枪，所以也称短枪班；四班和六班的任务是担任警戒放哨，遇有敌情时，掩护省委机关转移。教导队肩负的任务是艰巨的，责任十分重大，因而使命也是十分光荣的。

  我们教导队跟随的是湘赣省的三个首脑机关，即临时省委、省军政委员会和游击司令部。由于三个机构的领导人和干部基本上是一套人马，即这三摊子工作实际上都是由省委的几个主要领导人主持，工作人员基本也是合署办公。因此，我们通常将这三个机构统称为省委机关。

  那时，一直在省委机关工作的干部只有省委书记谭余

---

  * 本文原标题为《艰巨的任务　光荣的使命——忆湘赣省机关教导队》，收录时做了适当修改。

保，游击队司令员曾开福，一个姓陈的秘书，一个姓何的医生，一个管理财务的和一个小号兵。省委常委颜福华和龙珍没有固定的地点，他们经常往来于省委机关和几个中心县委之间，在省委住的时间很少。另外还有易湘苏、曾世英、李静（曾开福妻子）等三个女同志，整个省委机关（含我们教导队、炊事班）总共只有40多人。

然而，我们这40多人的天下却大得很。我们同凶恶的敌人周旋，同艰苦的环境斗争，足迹遍及湘赣边的武功山、棋盘山、九陇山等方圆数百里的大小山岳。我们凭借这些山岳和丛林的掩护，挫败了敌人消灭省委机关的阴谋，出色地担负起了保卫湘赣省党的首脑机关的重任。

1936年冬的一段时间里，我们随省委到了萍安边界的九陇山。一天，在一个山沟里找到了一栋多年没人住的房子，因比较偏僻，只有一条路可进去。省委领导决定就在这里住几天，让大家休整休整，可是只住了一夜，第二天天还未亮，2个连的敌人就分头从东西两边山上向我们夹击过来。幸好我和另一个同志担任警戒，发现得快，我让那个同志鸣枪报警，自己跑回去报告。队长和政委立即集合大家进行战斗部署，命令四班阻击西边的敌人，六班阻击东边的敌人，警卫班保护谭余保等省委领导隐蔽起来。那天，我们凭借有利地形，从早上8点打到天黑，整整打了一天。我在四班，看见敌人有六具尸体横躺在我们的阵地前面，而我们只有两个同志负了点轻伤。天黑后，胆怯的敌人也不敢留在山上，便撤下去了。我们四、六班也不敢恋战，赶紧一前一后地护着省委机关往南面转移。敌人没占到便宜，恼羞成怒，放了一把火，把我们住过的那栋房子烧了。可惜的是我们藏在那里的大米来不及背，也被大火烧掉了。

我们转移到南面百里之外的一个山头上，还未来得及坐下，就又发现另一股敌人正从山脚下往上爬，只得又转移到了一座密林子里。哨兵爬到几棵高树上观察了一下四面的动静，没发现什么问题。大家在地上坐了一会儿，喘了口气，便开始动手搭棚子，以便在这里住一夜。天亮前，我们正睡得香，敌人又分三路包抄过来了。哨兵报警的枪声把大家从酣睡中惊醒，同志们一跃而起，在谭余保等首长的指挥下，一边还击，一边撤退，脱离了险境。第二天傍晚，我们到了永新铁镜山的一座小山上，又是刚搭好棚子，敌人就来了，一把火就把我们辛辛苦苦搭的棚子给毁了。战士们一个个气得要冲上去和敌人拼命。但一想到肩上的重任，就只好忍了。大家怀着愤怒的心情，继续转移到了武功山（安福境内）的一个深山沟里。后来几经周折甩掉了敌人。

1937 年 6 月的一天，我们在莲花县境内的一个大山沟里宿营时，被化装成砍柴农民模样的敌探发现了。早晨，天刚亮，四面山顶上就布满了敌人。情况十分危急。谭余保同志很镇定，他指挥大家向一座陡峭的大山转移，到了半山腰，我们不但可以看见山顶上敌人来回走动的身影，还可以听到敌人的喊叫声。子弹不断从我们身边和头顶上掠过。好几个同志已经负伤了。为了减少伤亡，保证省委机关安全脱险，我们决定不与敌人硬拼，在半山腰的一片密林里停止前进，就地隐蔽下来。敌人的乱枪一直放到中午，但因我们在暗处，胆小的敌人始终不敢深入林子中央来搜索。待到夜幕降临，敌人回到山顶扎营休息后，谭余保同志派六班上山侦察到了敌军的一个空隙地带，于是决定由一班在前面开路，谭余保同志亲率四、六班断后，翻过山顶，突出了敌人的包围。

诡计多端的敌人除派出大批密探外，有时还公开派人用假投降的办法打入我内部潜伏起来。1936年12月，我们在安福的九陇山时，叛徒陈洪时就从安福保安团派了两个人，各携一支步枪，"逃"到山上向我们"投降"。这两人一个姓谢、一个姓文，都是二十一二岁的青年，能说会道。谭余保、颜福华等省委领导起初对这两人很怀疑，交代我们说，对这两个起义人员要保持警惕，控制使用，注意观察其言行。

谢、文两人很狡猾，知道有人监视他们，故意表现出很进步的样子，跟我们一样吃苦受累，不露半点尾巴。曾开福很信任他们，他把姓谢的分配到我们教导队当了文化教员；把姓文的编在四班当战士。那个姓谢的上文化课教我们识字时，用的都是革命词句，讲的都是革命口号，从而也骗取了我们的信任。在近半年的时间里，他们掌握了省委内部不少情况，如湘赣边红军游击队的人数，编制番号，活动范围、

148

规律，领导人姓名以及我们的内部纪律、作风等，都摸清楚了。

1937 年 5 月的一天，曾开福夫妇突然投敌叛变，谢、文这两个家伙也借机溜回敌人碉堡里去了。由于曾开福和这两个家伙了解部队实力及活动情况，事关重大，机关不得不立即离开驻地，长途跋涉转移到其他地方。同时，还派人迅速通知有关部队和地下组织的同志转移。幸亏我们转移得及时，没有受到太大的损失。后来我们才知道，谢、文两人是陈洪时派来策划曾开福叛变的。这一事件给了我们很深刻的教训。

省委书记谭余保同志既是我们的领导，又是我们可亲可敬的兄长，他对下级十分关心爱护。有一次，一大队大队长段焕竞在外地作战负伤，他为了尽快见到段大队长，亲自带领我们教导队经过一天两夜急行军，一天内连打三次仗，才从一座山上找到了段大队长，把他抬上了临时担架，护送中路过一座大山，满山都是树木杂草和荆棘，教导队两个班轮流抬着担架，谭余保同志带一个班长在前面引路。一路上他累得气喘吁吁，汗流浃背，还是大步大步地走在前面，并且不断回过头来询问段大队长伤口怎么样，要不要喝水。翻过那座大山后，天已亮了，我们按首长意图把段大队长交给了中心县委安排护理。谭余保一再叮嘱县委的同志说："要搭一个棚子，好好照顾他养伤，要设法搞些药。"一个多月后，我们教导队到山下打土豪，杀了猪，谭余保同志还特地交代要送一些猪肉给段大队长吃。

谭余保同志对我们普通战士也同样关怀备至。有一次，我同班的战士李洪元负伤，谭余保同志知道了，立即赶去看望，并反复交代医生要勤换药，交代大家要细心照顾好。有一次我也负了伤，谭余保同志见我伤口直流血，就像兄长一样地亲切慰问我，并找医生帮我处理伤口。没有消毒纱布，他就叫班里的同志拿些破布在锅里煮沸消毒当纱布用。还有一次，战士童金友生病，谭余保见他睡在地上，赶快走过去摸他的额头，发现烧得厉害，就立即吩咐大家烧开水给他喝，并在自己的公文包里掏出一块当时很难弄到的药用桂皮，掰了一点放在小童的口里。晚上行军时，谭余保同志特地交代我们帮小童背枪和米袋，并不时询问童金友病情怎样，是否要担架。省委领导的亲切关怀，使我们深受鼓舞，大家都觉得只要有省委在，困难再大，斗争再残酷也算不了什么，只要能保卫好省委机关，保护好领导，就是我们最大的幸福。

我们教导队由于作战、疾病和饥饿等，虽然失去了不少好同志，人员经常有变化，但新老同志之间始终亲如兄弟，大家互相帮助，互相关心，有时一人有难，全队都来相帮。正是这种关系使我们团结成了一个钢铁般的整体，战胜了一切艰苦的磨难，胜利地完成了党交给我们的光荣使命。

两面甲长[*]

曾茂林

　　1935 年 7 月，湘赣边区棋盘山会议后，湘赣边区军政委员会主席谭余保同志率领游击队和湘赣省委机关，转移到攸县东乡的金子岭、滴玉石、荷树下地区，继续领导开展游击活动。在金子岭成立了中共茶攸莲中心县委，在皮家建立了皮家区委，由我担任皮家区委书记。

　　1935 年 10 月，敌人对根据地实行重重包围，层层封锁，反复"清剿"，在边区推行保甲制度、连坐法，企图切断群众与游击队的联系，借以困死我们游击队。为了粉碎敌人这一阴谋，中心县委决定派一些党员同志打入敌人内部，利用合法地位，去搞两面政权，以便争取群众，摸清敌情，分化瓦解敌人，为我所用，为开辟根据地创造条件。

　　根据这一决定，皮家区委分析了地处湘赣省委驻地边沿

　　* 本文原标题为《我当"两面甲长"的回忆》，收录时做了适当修改。

的南源保的情况。当时南源保的保长陈长庚，是当地有威望的名医，为人比较开朗，好讲公理，是个可以争取的对象。于是我们把争取陈长庚的任务交给了以行医为业的党员曾锡南同志。陈长庚被争取过来之后，我便当上了南源保第一甲甲长，少共区委书记曾祥林当上了第二甲甲长，第三甲甲长是曾恩六，他也是乐意做两面工作的。这样，南源保就基本上掌握在我们手里。

手里有了合法权力，我们便开始有计划地组织和布置斗争。为游击队采办物资，发动群众抗税抗粮，等等。南源有个"铲共义勇队"，小队长叫陈瑞昌，兼管当地治安。有一次他追问保长陈长庚把保里的粮食卖给了谁。当时根据地粮食困难，我们把粮食卖给了游击队。陈长庚怕事情败露，把这个情况告诉了我们。经请示谭余保主席批准，在一个深夜，我和曾祥林、张十二把陈瑞昌秘密处决了。

杀了坏蛋，大快人心，可也引起了敌人对我们的怀疑。他们根据蛛丝马迹，不时闯进家门，对我们"关照"一番。为了分散敌人的目标，皮家区委决定扩大工作范围，把工作做到敌人的眼皮底下。于是又着手做皮家保保长皮香乐的工作。皮香乐平日因怕游击队，晚上不敢回家，住在敌人的碉堡里，因此他跟守碉堡的杨连长、李副连长和胡排长混得烂熟，如果把他争取过来，得到的情况就更可靠。

1936年1月，我根据皮香乐怕死又贪财的特点，先给他家送去一封恐吓信，随后又在他家门口秘密处决了一个叛徒，皮香乐吓得神魂不定。一天，利用他到曾隆茂号杂货店喝酒的机会，我以湘赣红军游击队的名义给他写了一封信，指出他面前的两条道路和两个结果，由他选择，如果答应为游击队收集情报，不仅可以保全他的身家性命，而且按月由曾隆茂号转给他四块大洋的酬金。皮香乐没有办法，终于接受了我们的条件，按时以"梅度春"的名义替游击队秘密送交情报，他最终成为我们的耳目，给我们提供了不少有用的情况。后来我们又通过他的关系，将地下党员皮黑古、皮发祥等安排到敌人的碉堡里当"兵"。由于有了这些内线情报，对于敌人的突然袭击，我们也不感到突然了，我们可以及时进行准备，反而迫使敌人陷入困境。

为了扩大革命影响，中心县委送来了很多宣传品，叫我们分头去散发。我有时利用保甲长开会的机会，拿几张送上去，说是从某地某处捡来的，到会的保长、甲长争着看，我还故意不让看，跟"同事"们争得脸红耳赤，把这些宣传品抢回来交给了乡长和县上派来的人。按照当时敌人的规定，发现红军的标语传单一定要上交，不许保存，不许传阅。这样，敌人不但不怀疑我，反而说我上交传单有功呢！

1936 年 6 月，我被捕关进了地牢。因为国民党曹湘澜保安团派了 1 个班，到我们东乡催征团款，我给他们开销了"草鞋费"，说等他们从漕泊转身时再交团款。催征队走后，我立即把情况报告了游击队，使敌人遭到我军的伏击，全歼了敌人的催征队，缴获步枪 12 支，当场击毙了县里的催征委员。国民党办的《攸县民报》报道了这一消息。曹湘澜大发雷霆，说"当地人民知情不报，致使救援不及"，要拿当地保甲长问罪。于是我这个"甲长"被抓起来了，敌人叫我坐"老虎凳"、"吊半边猪"，又踩杠子，打得我皮绽肉烂，还不放过。敌人逼急了，使我急中生智，我把左槐伍等十几个地主豪绅统统说成是共产党，敌人按我开列的名单，把这一帮豪绅们一一抓进了大牢。那帮豪绅一进牢门就指着我的鼻子责问我为什么要冤枉他们，我装着无可奈何的样子说："你们确实是冤枉了，我这不是也遭冤枉吗？我有什么办法？我给他们办事，却受这冤枉罪，倒不如一起冤枉死去。"于是满牢房的人都喊起冤枉来了。敌人搞不清怎么回事，又没有把柄，向土豪们索取点"赎金"，然后就把人放了，不几天我也被保释了。

我被保释后，谭余保主席特地派尹德光送来了四块银洋给我治伤，并致以慰问。另外又给了十块钱，由保长陈长庚出面，在曾隆茂号杂货店办了四桌酒席，请当地的保长乡绅和碉堡里的敌军官吃了一顿，借以疏通，仍然让我担任南源第一甲甲长。直到 1938 年初，我才辞去甲长职务。

皮水地下交通站

王茶秀

棋盘山会议以后，湘赣临时省委在赤白交界的攸县皮水村开了一个杂货铺，作为游击队的地下交通站。根据省委指示，由我和我丈夫曾国胜在这里担任交通员。

我们走上新的战斗岗位后，为了扫清障碍，谭余保指示游击队接连两晚出动，先后处决了刘回生、刘原一、陈毛十八、杨根仔、张里仔等五个了解我方情况的叛徒，并在南源榨下村处决了敌"义勇队"分队长陈瑞昌。在敌人阵脚大乱时，我们俩乘机来到了皮水村。一到皮水，我们就绘声绘色地讲起红军游击队在南源等地杀叛徒的情况，声称自己是虎口逃生的"难民"。人们一传十，十传百，不久，整个村子传遍了。敌人见我们讲得很传神，也就对我们深信不疑。

在皮水站稳脚后，我们便在敌碉堡附近开了一个杂货店，挂着"曾隆茂杂货店"的招牌。敌人对我们开铺子的事不加过问，因为我们的本钱（10 块银圆）还算足，经营的东西也不少，生意还算兴隆。难对付的是那帮匪军官兵，买卖时尽量让他们多占些便宜，茶水、香烟招待得殷勤点，他们要赌钱玩牌，也尽量满足他们，以免招来麻烦。至于游击队接头，我们一律用暗号联络。

谭余保同志曾指示，交通站要成为游击队的供给部，为游击队提供物资，就成为交通站的主要任务。一个小小的杂货店，到哪里去筹集那么多物资呢？为了解决货源的问题，我们的眼睛盯在官田的陈泰益身上。陈泰益的商号是当时攸县东乡唯一的一家大铺，南杂百货样样有；除了官田设店，他还为一些小店铺提供货源，从中渔利。但是，与陈泰益挂钩很不容易。一则官田与皮水之间相隔数十里，路上层层岗哨，道道关卡，要把货物运到山里来很困难；二则陈泰益这个人财多怕事，生怕背上"通匪"的罪名，不肯将货物卖给偏远山区的商店。我们曾经几次派人找他接洽，他总是左推右推，不予理睬。最后，还是省委把这件事情解决了。

省委听了我们的汇报后，派了一位侦察员来帮助我们工作。这位侦察员了解到陈家有个独生女，相貌长得很丑陋，人家叫她"马家小姐"，但这"马家小姐"写算俱全，做生意很内行，是陈泰益的得力助手。但因长相不太好看，多年来一直未招郎，陈泰益及其太太常常为此大伤脑筋。于是，我们演了一出成功的喜剧。一天，我们的侦察员乔装为算命先生，来到了陈泰益家；陈老板马上请他为女儿算命卜姻缘。陈家报了生庚时辰，我们的侦察员便一本正经地算起命来。他开头给小姐说了一套好话，算到中途却为小姐的命运叹气了，停了半晌才说："莫怪我算八字说实话，小姐虽然命中有福，手过黄金万两；但是八字上带了一点'八败'。要能找上一个命中带了'八败'的男人做丈夫，那就像铁扫帚对了'石禾坪'，只扫进，不扫出了。"陈老板夫妻听了入神，一再央求"算命先生"留神观访，看有谁命带"八败"。我们这位"算命先生"满口答应下来。其实，"八败"何需访呢？我们早就"查访"了一个名叫刘梦仔的贫农青年，梦仔父母早亡，为人忠诚、憨厚，身材高大，浑身是力，尤其是对游击队有特殊的感情，派这么个人去陈家做女婿，最合适了。通过算命先生的介绍，梦仔与小姐果然结了婚。

一天深夜，我地下武装人员潜入陈家，给陈老板留下一封信，信中大意是"照单发货，不欠分文；派人送货，确保安全；严守秘密，不准乱言；如有失信，小心人头"。署名是曾隆茂。陈老板是个怕事的人，"马家小姐"又只认钱，所以生意成交了。派谁送货呢？当然是刘梦仔。自此以后，我们这边专由地下组织人员尹义和等包接，陈老板那边由刘梦仔带人走一条秘密路线包送，在约定的时间、地点交钱交货。这样，我们就再也不为货源发愁了。基本上做到了山上要什么，我们就供应什么。

交通站的另一个重要任务，就是为湘赣党和红军游击队搜集、传递情报。为此，我们学了孙悟空钻进铁扇公主肚子里的办法，趁敌人推行保甲制度，派了一些坚强的共产党员到敌人那里当保、甲长。1935 年 10 月，南源有个甲长病了，我们马上运动保长陈长庚，让曾任过三区区委书记的曾茂林顶了缺，得到一个合法的身份。接着，共产党员曾祥林也打入敌人内部当了甲长，他们当上甲长以后，积极争取思想比较开明的其他保、甲长，利用他们为我们服务。通过一系列的工作，皮家保保长皮香乐也被争取过来，当了我们的"坐探"。他有保长的身份，手里有一定权力，又与守碉堡的杨连长、李副连长、胡排长等混得烂熟，到敌人那里搞情报较为容易，后来，我们又通过皮的关系将皮黑古、皮发祥，还有一个姓张的安排到敌人的碉堡里当兵。这样，到处有耳目。敌人的一举一动都掌握在我们手里，一份份重要的政治、军事情报，通过交通站迅速地传到了湘赣游击司令部。1936 年农历正月十五日，驻皮家碉堡的敌人在杨连长率领下倾巢而出，对游击队的驻地金山岭进行"清剿"。我们得到这一情报后，立即报告了游击司令部。游击司令员曾开福当机立断，迅速率部奔袭敌皮水据点。晚上，打入敌堡里的皮发祥、皮黑古里应外合，我们不费一枪一弹，俘虏了几个留在碉堡里的守敌，然后把敌碉堡给烧了。

　　敌堡被烧后，敌人又强逼民众修起新的碉堡。挨了这次打，他们便事事留神，还派了许多侦探，企图抓我们的人。但是，敌人没有群众做基础，即使共产党、红军游击队从他鼻子底下过也认不出来。1936 年 6 月间，敌堡刚修起来不久，又被我们烧了。这一次，敌人恼羞成怒，乱捕乱抓。曾茂林也被加上"故意拖交团款"和"知情不报"的罪名，当作嫌疑对象抓了起来。敌人先用金钱美女、封官许愿诱惑，曾茂林没有上当，接着就是严刑拷打，"吊半边猪""坐老虎凳""踩杠子""上竹筒管"……但曾茂林还是没有屈服，他矢口否认自己为共产党做过事。后来敌人逼得急了，他便心生一计，把地方上那些土豪劣绅统统牵连进去。敌人只得将那些有牵连的土豪劣绅全抓进碉堡。那帮豪绅一进牢门就指着曾茂林的鼻子责问："你为什么无端坑害人？"曾茂林装着无可奈何的样子说，你们是冤枉，我也不是受冤枉吗？如今世道，谁还会坑害谁？要死大家都死；要不死，就大家一起想法子。在曾茂林的发动下，抓进去的人一个个大叫冤枉，搞得敌人无可奈何，最后只好不了了之。曾茂林也被保释放出来了。曾茂林出狱后，还在我店办了四桌酒席，专请陈长庚（同我党合作的大豪绅）、皮香乐等具保的豪绅及匪连长等大吃一顿。以后，曾茂林还是当甲长。

敌人接连挨了几次打，但又查不出谁是共产党，十分恼火。虽然我们平日没露半点破绽，对他们也总是"热情"相待，然而敌人还是对我们这个杂货店产生了怀疑。几次借搜捕红军探子为名，突然闯进店里搜查。好在我们警惕性高，没留下半点蛛丝马迹，他们还不放心，又派暗哨监视我们，但什么也没有捞到。敌人于是改变策略，收买几个豪绅地痞当坐探。地主皮祖存当了敌人的坐探后，每天借来店玩牌之机，严密监视我们的行动。一次，他对我说："曾老板娘，你的生意真兴隆，四面八方都是客哟。"我听他话中有话，便针锋相对地回答说："来的都是客，能够怠慢谁呀！我开小小杂货店，不也是为了赚钱吗？"为了免除后患，我们的地下武装人员把他干掉了，并在他的尸体上留下个布告："谁要触犯红军，一定照此办理！"自此以后，其他做坐探的人都不敢到我们这个地下交通站捣乱了。

1936年11月初，我交通站又侦获一个情报：国民党攸县政府官员刘催征坐着轿，带了一班人，携12支长枪，将到皮水这边来。头天晚上，我们将情报送到了游击司令部，游击队立即派出20多个武装人员，在拂晓前赶到了敌人必经的森林中埋伏起来。第二天，当敌人进入我们的伏击圈时，游击队员一起开火，打它个措手不及，敌人乖乖地向我们缴械投降。那个刘催征顽固到底，被当场击毙。

敌人屡屡受到红军游击队的打击，便像发疯似的天天进行"清剿"。有一天，碉堡里只留了两人守营，其中一个就是打入敌堡里当兵的老张，他是装病留下来的。得到情报后，我们定个"一箭双雕"计。这天晚上，我提了一些点心和几瓶酒送到碉堡里去，又将一瓶煤油悄悄塞到老张手里。我和老张陪着那守营的匪兵喝酒，待他喝醉后，便将煤油浇在碉堡的地板上，点了一把火，不一阵，敌人的碉堡连同那个匪兵就一块儿化为乌有。白匪连长立即率部回窜，谁知窜入我们游击司令员曾开福设的伏击圈内，被我们打死十几个人，其余的仓皇逃到周家屋据点里了。

敌人再也不敢在皮水修筑碉堡了，只留下一个所谓的"义勇"小队驻守在这里，以装门面。这时的皮水村，名义上还是敌人占领，实际上已落在我游击队手里。通过我交通站的联络，党的决议、指示、命令不断地飞向各地党组织和游击队。官田、山关等特别区党的组织日益巩固和发展，游击根据地不断扩大。

1937年10月，国共两党第二次合作，形势发生了重大变化。11月的一天，中心县委书记尹德光同志奉命来到南源，召集我、曾国胜、曾茂林、曾祥林等十几个地下党员开会，动员大家同心抗日，撤销皮水秘密交通站。就这样，皮水秘密交通站完成了光荣的历史使命。

"活捉"周纪勋

尹德明

1935 年下半年，湘赣边区的游击战争有所发展，但游击队的经济情况还没有好转，尤其是子弹、军用品得不到补充。为此，省委会决定"请"周纪勋来解决。

周纪勋，茶陵人，是个大土豪，有大片良田，还经商、办铁厂，家产颇丰。他儿子在攸县城里开百货商店，和一个美国资本家有联系。

根据省委指示，尹德光和谭汤池带着二三十人出发去侦探周纪勋的下落。在他的老家梯陇没有发现他的踪迹。于是又改派龙珍、尹德明、刘伯喜扮成做生意的，去攸县县城调查，也没有找到周纪勋，但得知他到长沙去了的消息。一天，传来消息，说周纪勋已经从长沙回来了，住在攸县饭店。于是龙珍等三人来到攸县饭店，闯进房内，想探个虚实。结果又未见到周纪勋，店主告诉他们说："周先生刚离店。"

龙珍将情况向谭余保做了详细汇报，两人经过仔细分析，估计近两天周纪勋一定会回家去。于是谭余保带队伍埋伏在梯陇周围，等了两天两夜，仍然没有等到。周纪勋是个疑心重重的人，他要到什么地方去是不会让别人知道的，他怕有人找他的麻烦。原来他离开攸县县城后，突然改变路线，没有回家，而到了铁厂。于是，决定尹德光和谭汤池带着二三十人埋伏在铁厂附近的山上，让谭冬仔和另一个战士化装成挖"管"（铁矿石）的工人，挑着铁矿石进厂。为了制造摩擦，故意把一些劣质矿石放在上面，收购人员见矿石质量不好，拒绝收购。这时谭冬仔不管三七二十一，直往账房冲，守门的紧跟着跑进来进行阻拦，双方争吵不休。一个要进去，一个死命不让进，谭冬仔硬是乘机冲了进去，嘴里大声叫喊要请周先生出来解决问题，借机进行观察。吵了半天，周纪勋忍不住了，才从三楼走下来，对账房先生说："算了，算了。把他的东西收了付钱给他吧！"尹德光根据谭冬仔侦察到的情况做出了晚上行动的方案。

　　到了深夜，游击队突然扑下山，把龙头铁厂包围了。尹德光高声喊开门，管家不肯。尹德光说："你不开我们就放火把铁厂烧了！"管家没办法，只好把门打开。

　　尹德光问管家："周先生在哪里？"

　　管家说："周先生不在铁厂，他走了。"

　　尹德光冷笑说："你欺骗不了我们，周先生进厂后，我们一直在外面守着。"

于是我们开始向三楼喊话："周先生，快下来吧，不要怕，我们是红军游击队，为了贫苦群众，希望你与我们合作。"周纪勋在三楼听了，吓得浑身直打哆嗦。"你不下来，我们就放火烧了。"我们又喊叫道。

周纪勋没法，只好扶着楼梯一步一颠地走下楼。刚一走到我们身边便"扑通"跪着求饶，请游击队开恩，不要杀他。这时尹德光要他同游击队一起走，他怎么也不肯。没办法，只好找了把竹椅安排两个游击队员抬着他，一直抬到八团汗背港洞仙游击队驻地。

尹德光向谭余保汇报了情况。谭亲自给周纪勋松绑，并温和地对他说："老先生受惊了，我们今天把你请来，不是要杀你，而是要你帮助我们做点有益的工作。"

当天，谭余保安排尹德光陪着他，给他优待，慢慢地给他讲解党的政策。对他说："周先生，你我都是家乡人，你完全可以信任我，游击队绝不会给你为难，你不要与我们作对，我们现在要求你的是利用你在地方上军政界的威望，为贫苦农民谋点利益，我们是不会随便杀人的。只要你答应我们的要求，你仍然经你的商，开办你的铁厂。"周纪勋听了，情绪慢慢地稳定了。

经过一番工作，思想基本通了。在"丰盛"的晚餐上，周纪勋对尹德光说："承蒙游击队的宽大，周某从内心感谢。游击队要我干什么呢？只要我能办到，一定尽力。"

尹德光说："我们游击队缺少武器，特别是短枪、子弹、电池、油印机、雨伞等。"周纪勋点头答应了，并要求游击队给他半个月时间办齐这些物品。

事情就这样定了，周纪勋当即写了一封信由游击队派人送到攸县他儿子手里。他儿子通过一个美国人买到了一批枪支和军用品。半个月之后，周纪勋收到他儿子的来信，打开一看，高兴地对尹德光说："东西都办齐了。"

双方约定了交货时间、地点和接头暗号。为了防止对方以送货为名，引我们上钩，在接货以前，我们做好了一切准备工作。交货的这一天，由尹德光、谭汤池、龙珍等人带了一队兵力，埋伏在攸县弯山上的险要隘口。此处只有一条小道上山，交货地设在山下，这样居高临下，一旦有情况，我们可以及时实施反击并进行接应，掩护撤退，然后由尹德明和陈土林带几十个民夫到山下接东西。

半夜过后，东西送来了，一担担放在棉花沟里。我们一直在隘口观察动静，待弄清了对方确实没有其他企图后，才一跃而起，赶到交接地点，把东西挑了回来。这批东西里有银圆，还有枪100多支（其中10支短枪），长围巾500条，电池100盒，油印机两部，雨伞500把，毛巾1000条，子弹10箱，小瓷碗500个等，价值近万元。

当晚，谭余保派了一支游击队把周纪勋送回到梯陇。

一场干净利索的夜袭

许成生　贺达尊

1936 年夏天，国民党当局为了加快"清剿"进程，湘鄂赣边区"绥靖"第三指挥部制定下发了"剿匪区内整理保甲、肃清散匪"的方案。就在敌人做着"兼收军民合作之效"的黄粱美梦时，湘赣游击队已决定趁敌人立足未稳，拔掉黄丰桥区公所和民训点这颗钉子。

5 月初，湘赣游击队派谭启同志深入黄丰桥地区活动，找到了参加过革命武装斗争，后因病遣散被捕并被编入黄丰桥守护队的许成生，了解了区公所守护队的武器装备和日常活动情况。月底，游击队又得到了地下党送来的情报。黄丰桥附近一个叫上冲的村子正筹备唱花鼓戏，这是歼敌的大好时机。

游击队的领导当即与地下党的同志进一步分析了敌情。区公所守望队一共有 36 支枪，跟我坚持在攸东的湘赣游击队力量差不多。为了稳操胜算，游击队决定在第二天晚上，即上冲演花鼓戏的时候，从广黄的志木山秘密出发，经过距区公所五里的三角山时故意放几声冷枪，让地下党的同志在黄丰桥制造游击队已到了三角山的声势，以便调动敌人使其分兵，达到拔掉区公所的目的。

第二天晚上，游击队按照预定方案，在三角山放了几枪，枪声使黄丰镇出现一片骚动。当时区长贺英会、民训队长刘量才、队附谢绍乐正在打麻将。他们得知消息后，仍舍不得中断赌场上的角逐，说是少数"散匪"捣乱，只派守护队一个班去三角山巡夜。看到上司若无其事的样子，其余守护队员也都三三两两摸黑到上冲看花鼓戏。区公所只留一个文书，一个值日小队长和哨兵。

敌兵力分散后，我游击队在当地群众引导下，迅速越过泽古冲，登上擂钵坳，直扑敌区公所。守护队的哨兵发觉区公所山后有动静，即往巡视，这时游击队的突击班趁机接近院墙，毁门而入，区公所的文书和守护队小队长听到响声，立即持枪冲向大门，被游击队当场击毙。随后游击队冲进区公所，将守护队挂在墙上的 26 支步枪尽数收缴。游击队在返回途中，又遇上从三角山巡夜回营的守护队那个班，走在最前面的那个敌兵还来不及喊叫一声，就被游击队缴了枪，后面的敌人发觉形势不妙，仓皇逃到了黄丰桥河对岸，不敢归营。

夜袭黄丰桥区公所，打得干净利索，游击队战士无不欢欣鼓舞。可攸县县长肺都气炸了，他在县政府会议上恶狠狠地训斥部下无能，撤了贺英会的区长职务，并不得不把该区公所从黄丰桥搬回官田办公。还布示各地，禁演花鼓戏和赌博"以杜乱匪"。

垄上改编[*]

彭汉元

1937 年抗日战争全面爆发以后，举国上下，群情沸腾。当时我正在延安抗日军政大学学习，同学们都纷纷要求扛枪上前线，痛歼日军。

10 月底的一天，我接到了派我去参加改编在南方数省坚持斗争的游击队北上抗日的通知。这一批派往南方各省的抗大学生共有四五十人。临去之前，开了一次紧急会议，罗瑞卿同志在会上语重心长地对我们说："同志们，现在国难当头，中华民族处于生死存亡的关键时刻。我们共产党员的责任就是团结各党、各派、各爱国的民主力量，一致对外，抗敌图存，大家到南方去，要做好抗日统一战线工作，要做好人民群众的思想动员工作，改编、训练好游击队伍，随时准备上前线。同时，要提高警惕，严防反动派制造摩擦、破

---

[*] 本文原标题为《参加垄上改编的片段回忆》，收录时做了适当修改。

坏抗日。"会议一直开到天黑。

第二天，我们就陆续地从延安出发。我们一二十人由叶孝廷带队，乘坐敞篷汽车经洛川、三原至西安，在西安脱下军装，换上学生服，再搭南下的火车至武汉，从武汉坐轮船沿长江而下至九江。接着，由九江乘火车至南昌。我们每经一站，都由当地的办事处联系接送，并且每一站都有几个同志和我们分手，奔赴他们要去的地点。到南昌的时候只剩下我和张钱秀、李忠民、刘裕民等四个同志了。

在南昌住了四五天，经办事处的同志介绍，在月宫饭店专程拜会了陈毅同志。陈毅同志一一询问了我们几个人的年龄、籍贯、工作经历。当我回答我是江西莲花县人时，他爽朗地笑起来："哈哈，我刚从莲花来，你们莲花山清水秀，真是个好地方。"接着他告诉我们：最近他受党中央的委派，到莲花、永新一带去改编湘赣边游击队，为了通过白区，他带着项英署名的介绍信和"抗日救国十大纲领"等文件，化装成大商人模样，戴礼帽坐轿子，从吉安到九陇山，会见了游击队的负责人刘培善、段焕竞同志，向他们宣传国共合作、团结抗日的道理。由于游击队久驻深山，不了解外面的情况，对陈毅同志的宣传、动员不相信，派人把他送到中共湘赣临时省委（驻永新铁镜山），要他与临时省委书记谭余保同志面谈。谭余保同志对革命忠诚，但对国共两党合作，一时想不通，竟说陈毅同志是叛徒，把他捆绑起来，差点当叛徒处置。经陈毅同志耐心解释，并派人到吉安等地了解情况，证实了陈毅同志的身份，才使谭余保同志消除疑虑，同意接受改编。陈毅同志笑着说："谭余保这个人性格耿直，但是很凶哩，你去莲花得注意啰。"陈毅同志又指示我们到莲花后，不但要帮助游击队搞好训练，而且要在群众中大张旗鼓地宣传抗日统一战线，把群众发动起来。同时，要注意防止反动派借故制造摩擦，他说："我在莲花县街上走时，他们还派人在后头盯梢哩。"

我们在南昌领受了陈毅同志的指示后，又乘车到了吉安。因当时吉安至莲花没有客车，办事处的同志从马行给我们每人租了一匹马。但刚出吉安城，马就不走了，只好弃马步行。走了三天，才到达目的地——莲花县城。

莲花县城附近的院下村，设有新四军黄岗留守处的一个分处，组织上调了一名特派员在这个分处工作。特派员的名字叫刘亦然，他告诉我们，湘赣边游击队现在已经分别从武功山、九陇山、五里山、牛心山、柑子山、杨梅山等地下来了，在本县垄上集中，等待整编。他说目前莲花县的国共合作局面还没有完全打开，县政府对国共合作的态度不明朗，监狱里还关着大批共产党员和革命群众，现在正和他们谈判释放"政治犯"的问题，因为他们毫无诚意，所以进展很慢。

我们到达莲花时，已是 1937 年 12 月，天气很冷。为了抓紧时间尽快参加部队的整编，我们第二天就赶到了垄上村。垄上村离莲花县城 30 余里，村里只有几栋杉皮盖的小屋，是一座人迹罕至的小山村。我们从尧坊进山，经过一座石桥，桥旁有两栋瓦屋，小地名叫黄陂桥。湘赣临时省委就驻在此处，谭余保同志带特务队也住在这里，其余部队都住在垄上村，两地相距一里路左右。当时，湘赣红色独立团有4个连队，平均每连80人左右，加上特务队30来人，共计350余人枪。我们三人到垄上后，部队开了个班长以上干部会议，临时省委书记谭余保、红色独立团团长段焕竞和政治委员刘培善等同志都参加了会议。会上，由我传达了党中央负责同志的指示精神，并结合形势，谈了我对国共合作、实行抗日民族统一战线政策的认识。省委负责同志宣布了有关整编训练部队的具体措施。会议开得严肃、认真，同志们聚精会神地听着，有的还认真地记着笔记。在发言中，大家劲头十足，决心克服一切困难，练好兵，随时准备开赴抗日前线，杀敌报国。

第二天，部队就开始军事训练和政治教育，每天上午和下午各授一次军事、政治课。我和张钱秀同志负责军事操练。训练的科目有队列基本动作训练、队形变换、武器常识等。战士们大多数是从农村来的青年农民，从来没有进行过正规的军事训练，基础较差。而垄上村又太小，出门就爬山，没有能容纳几百人进行军事操练的场地。加之，时近春节，雨雪纷飞，训练只好暂停。我向省委建议，能否转移到地形开阔一些的地方去训练。省委经过研究，认为要请示一下上级才能决定。趁着这个机会，我想到吉安办事处去汇报一下部队训练的情况，省委同意了我的意见。

到了吉安以后，在办事处见到了项英和曾山同志，他们两人都是中央委员，听完我的汇报后，都想亲自到垄上村来看望游击队的同志们。第二天，办事处弄到一辆小吉普车，曾山、项英同志和我，还有一个司机，四个人驱车至莲花，在浯塘村下车，步行上山。当天下午就在黄陂桥的祠堂里召开了游击队全体人员大会，祠堂里挤得满满的，门外的草坪上也挤满了人。曾山和项英同志先后在会上讲了话，对游击队的同志们在三年艰苦岁月中风餐露宿、不屈不挠、坚持斗争的顽强革命精神表示慰勉。并希望大家发扬传统，练好本领，在抗日战争中再立新功。两位领导人还就当时的国内外形势及南方各省建立抗日民族统一战线、游击队改编等情况向大家做了详细的介绍。

接着省委又召开了游击队干部会议，研究扩大抗日武装、招收新兵等问题。因上级同意我们从垄上转移到桃岭村集训，部队于 1938 年 1 月正式易地。临行之前，为了避免与莲花县国民党当局引起纠纷，刘培善同志对我说："你先到坪里国民党三区区公所去，找区长王甫联系一下，告诉他我们这次部队易地是为了便于训练，绝对无其他动机，请他们放心。"

翌日清晨，我带一名通信员直奔坪里区公所，区公所设在崇正书院，他们已知道我部队要易地的消息，气氛有些紧张。门岗坚持说，区长不在所里，要我改日再来，我们只好掉头往回走。途中碰到区公所一个卫兵，这人认识我，他说王区长正在屋里打电话，怎么会不在呢！我又折回去，叫通信员在门口对付那个岗哨，自己气冲冲地闯了进去。果然，王甫就在后厅，见了我脸色煞白，支支吾吾说不出话来，我把来意说了，并请他放心。他这才尴尬地说："这件事敝人不能做主，还得禀报朱县长来决定啊……"我说："好吧，请转告朱县长，不要误会。我们把部队训练好了就要开赴前线抗日，不会干扰你们，请他放心。"

接着，部队和省委机关都搬到桃岭，在桃岭进口处驻扎一个排哨，警戒县城方向。第二天天刚亮，群众就来报告说，国民党政府保警队连夜开来了一队人，住在浯塘，离桃岭只有两三里路，这是什么意思呢？大家都很气愤，论力量，这时别说一个保警队，就是两三个保警队我们都可以把它吃掉。但为了消除隔阂，一致对外，根据省委意见，我再次到了三区区公所，省委还直接派人进县城与县长朱维汉交涉。交涉结果，朱维汉坚决不答应我们移驻桃岭，说什么"困难时期有碍地方治安"。听到这个消息，战士们更加气愤，有的说："我们就是要住在桃岭，看他们敢怎么样！"谭余保同志很镇定，他耐心地劝导大家不要意气用事，要以全民族的整体利益为重，经过一番解释，战士们也想通了。当天就迁到了神泉泉源村，大家自己动手，开辟了一个练兵场，开始抓紧操练。

为了最后确定改编方案，谭余保同志决定由我陪同去一趋吉安。在吉安与办事处的同志研究了几天，基本确定了部队改编的方案。回莲花时，部队已开始招收新兵。1938 年春，游击队改编工作基本完成。

当部队离开莲花，踏上北上抗日的征途时，战士们都无限感慨地对前来送行的乡亲说："等着吧，我们打败了日本兵，解放全中国，就会回来看你们的！"

一场大误会[*]

谭冬仔

　　湘赣边三年游击战争期间，敌人曾派重兵"围剿"我们，但始终没能消灭我们。为此，狡猾的敌人不时改变手法，经常派一些密探扮作士绅模样来游击队劝降，动摇军心。加上我们内部一些叛徒的影响，省苏维埃主席谭余保同志对叛徒和敌人的说客十分痛恨，下令抓住这些家伙就杀，以狠狠打击敌人瓦解革命武装的企图。

　　1937 年七七卢沟桥事变后，国内形势有了重大演变，我们因与外界隔绝，对国共合作抗日这样的重大事件都不知道，以致外面党组织派来与我们联系下山抗日的个别同志，也被游击队当敌人的说客而错杀了。如湖南来的湘南游击队一支队队长曹树良同志，就是在这种情况下被我们杀掉的。特别是后来陈毅同志亲自上山找我们，也被当作怀疑对象，

＊ 本文节选自《在谭余保身边经历的几件事》，收录时做了适当修改。

闹了一场大误会。

1937年秋，陈毅同志由黄炳光、李森启等人从九陇山护送到我们省委驻地。那天，谭余保同志正站在一块草坪上，陈毅一眼就认出了谭余保，因为他们曾在井冈山见过一面。陈毅快步上前与谭余保打招呼说："谭主席，多年不见了！"

谭余保满脸怒气，吼道："你这个叛徒，还想来哄骗我吗？"当即命令我们把陈毅捆起来，不让陈毅同志争辩。谭余保同志用他那根长长的旱烟杆敲着陈毅同志的头说："你这个叛徒，我留你一条命就不是谭余保！"

就这样，陈毅同志被囚禁在棚子里。后来，陈永辉对谭余保说："谭主席，先不要动他。他的信和文件我都看了，最近搞到一些前方写给联保处的信件，说的跟这些文件（指陈毅带的抗日救国十大纲领）内容一个意思，我们要慢慢搞清楚，搞不好会误大事呀！"这样，谭余保才没有继续逼问陈毅怎么当叛徒了，但陈毅身上仍绑着绳子，一直被人看护着。

过了两天，陈毅同志对谭余保说："同志，老让我坐在柴棚子里可解决不了问题啊！你们派人到南昌新四军办事处去了解一下，项英也在那里。"

谭余保同志还是生气地反问他："你这个叛徒！你说派谁去？"

陈毅同志说："你最好让昨天搞联络的那个人去。"

谭余保同志思考了几天，觉得这样下去确实不是办法，我是谭余保主席的警卫员，因此决定要我和伙夫赖保林去证实一下。临走时，陈毅同志反复对我说，你们为革命吃点苦，一定要完成任务。他写好介绍信，要我们先到莲花县城去一趟，要县政府在介绍信上签个意见。并一再告诉我们，不要在莲花县机关里吃饭，要到饭店里去吃，我估计陈毅同志是担心有人暗害我们。我们先到了莲花县城，再到界化陇搭车，经安福县城和固江等地，到了吉安，我们找到了陈毅同志安排在那里负责游击队改编联络工作的同志。他们很高兴地说："陈毅找到谭余保啦！"并连忙打水给我们洗脚，安排我们吃饭，还派了两个人跟我们当天搭乘一辆货车往回赶。到莲花县城后，那两个同志留下与县政府交涉，我和赖保林回到了铁镜山，把在吉安了解到的情况向谭余保做了汇报。

陈毅同志高兴地笑着对我们说："你们为革命做了一件大好事。"

这时，谭余保同志激动得声泪俱下，亲自将陈毅同志身上的绳子解掉了。

这场大误会消除后，谭余保同志根据陈毅同志传达的党中央指示精神，于 11 月底率领各路人马下山，到了莲花县的垄上村进行整编，直至 1938 年 2 月，大部随刘培善、段焕竞等负责同志开赴抗日前线。

三年游击战争中的谭余保[*]

段焕竞

1934 年底，我在独立五团一营任营长，由于敌人的重兵合围，我们的部队被截成几股，相互联系非常困难。在这种情况下湘赣省委、省苏维埃政府和军区只得和一直跟随在他们身边的独立五团转移到武功山地区。

1936 年下半年，由于陈洪时、刘发云等叛徒的引路，敌人对我根据地的"围剿"、搜山比以前更加频繁凶残；我们的党组织大部分被冲散，相互联络中断，没有了统一的指挥和领导，也没有统一的行动和纲领，群众情绪低落。党政干部士气不振，民心涣散，军心涣散，湘赣边区的革命火焰面临着被扑灭的危险。在这关键的时刻，湘赣省苏维埃主席谭余保同志不灰心，不动摇，挺身而出，力挽狂澜。在漫天烽火中，高高擎起了湘赣地区的革命旗帜。

---

* 本文原标题为《忆三年游击战争中的谭余保同志》，收录时做了适当修改。

1935 年 7 月，谭余保同志紧急召开棋盘山会议，会议统一了对形势的认识，成立了新的临时省委，确立了以谭余保同志为首的新的湘赣边区领导核心。为了适应斗争的需要，棋盘山会议还决定，成立湘赣边区军政委员会和游击司令部，由谭余保同志任军政委员会主席兼游击司令部政委，我任参谋长兼第一大队大队长，刘培善同志任第一大队政委。这样，我们同谭余保同志接触的机会就比较多了。

1935 年冬天以后，随着边区斗争形势的明显好转，谭余保同志经常指示我们总结战斗经验，指导我们学习和运用毛泽东同志的军事思想。后来，按照谭余保同志的指示，我们奇袭吉安县油田区公所，我们只用了一个小时的时间，速战速决，全歼守敌一个中队，缴获步枪 30 余支，子弹数千发，还有许多其他军需品。在回去的路上，路过安福陂头村又碰上了一小队"铲共义勇队"在出操，我们又来了个顺手牵羊，未发一枪一弹缴了他们十多支步枪。这对敌人震动很大，边区群众却受到很大鼓舞。

1937 年 3 月，我们又按照军政委员会和谭余保同志的指示，从一、三、四大队抽调了 100 多人，准备袭击安福县洲湖镇。在一个倾盆大雨的夜晚，天黑得伸手不见五指，我们以迅雷不及掩耳的敏捷动作，巧妙地攻进了洲湖，在不到一个钟头的时间解决了战斗，缴获了短枪 10 支，长枪 30 余支，机枪 2 挺，处决了罪大恶极的安福县县长，没收的粮食、被服和家具等分给了当地的群众。老乡们高举着火把奔走相告，都说谭主席领导的红军又回来了。

战斗之余，谭余保同志还经常教育我们游击队员必须坚决执行"打仗、筹款、做群众工作"的三大任务。尤其是，在执行党的政策方面，谭余保同志更是一丝不苟，不打折扣；对干部、对群众是非常关心和爱护的。

一次，我们同省委一起在武功山一带活动，由于敌人封锁严密，接连三天粒米未进，只靠野菜度日，大家都饿得头晕眼花，谭余保同志也是一样，饿得眼窝深陷，面色蜡黄，连走路也歪歪倒倒。后来群众从山下送来一瓷盆大米，谭余保同志如获至宝，立即要炊事员煮一锅稀粥，凡战斗人员每人先吃一碗。

炊事员给谭余保同志也端来了一碗，但是他坚决拒绝了，他说自己不属于一线的战斗人员。

见谭余保同志不吃，同志们都低声议论着："首长已经整整三天没有吃上一颗米粒了！"

这时，我和其他许多分得一碗稀粥的指战员都诚心诚意地劝说谭余保同志先吃，但他都一一谢绝了。

我们知道他是个说话算数的人，只得含着热泪喝下了自己分得的这碗稀粥。

一次，在夜袭洲湖镇战斗之后，敌人的追击途中，我腿部负了重伤。谭余保同志决定让我去萍宜安中心县委所在地——七都山养伤。他不仅为我配备了医生、炊事员和通信员，而且将我妻子李发姑从外地派来护理我。谭余保同志一再向中心县委的负责同志交代：要保证我的安全。在养伤期间，他又多次派人来看望我，并想方设法为我搞来药品和食盐。谭余保同志常说："爱护指战员和工作人员就是爱护党的事业。"他是这样说的，也是这样做的。

在三年游击战中，我们的住宿条件也在谭余保同志的亲自关心下逐步得到改善。开始一个阶段是"盖天铺地""顽石当枕头，明月做天灯"，以后发展到睡山洞，睡"双树吊铺"。那时，每人都有一块七尺长的布单，行军擦汗，宿营搭棚，当被当褥，遮风挡雨。边区斗争形势稍有好转后，谭余保同志便鼓励我们搭棚子。1936年夏天以后，我们的居住条件便有了根本的好转。尽管当时的建筑材料只有竹、树和草，我们每换一处驻地便首先砍竹子，把它截成五六尺长短一根，再劈为两半，打掉竹节成为"竹瓦"，然后用竹竿和树竿扎成房架，把竹瓦一里一外交叉扣在房梁上，乍一看，如同琉璃瓦一样的精细古雅。围墙是用小竹竿和茅草编成的，但在没有芦叶草的宁冈和永新县的九陇山一带，我们便用杉树皮代替。棚子的前后开小门，两端开大门，四周可以进出。每次搭棚，谭余保同志总是与我们一起忙这忙那，有时还自己动手设计。到了1937年初，为了住得宽敞舒适，每个班都有了自己的棚子。

在三年游击战争中，谭余保同志还十分重视培养干部。从棋盘山会议开始，他亲自主办了一个培训干部的教导队。在那样艰苦的战斗岁月里，这个教导队一直办了三年。这个教导队同时担负着保卫省委的任务，边学习，边打仗，边筹款，边做群众工作，随军转移。当时的学习条件虽然很差，只能是"茅棚做教室，石头当课桌，铲块平地做操场"。但学员们的情绪很高，个个都认真学习，人人都刻苦钻研。教导队培养了一批又一批干部。谭余保同志是农民出身，没有多少文化，但他很重视学习，他不仅要求我们这样做，同时对自己要求也非常严格。只要一有空隙，他就到教导队听课、学习。在游击战争中，行动频繁，他什么东西都可以丢掉，可装在皮包里的书却一直没离过身。他经常告诫我们，工农干部更要抓紧学习，努力做到能文善武，才能挑好革命重担。

1937 年的深秋，陈毅同志受党的派遣来到湘赣边区传达中央关于国共两党结成统一战线，联合起来一起抗日的指示。由于我们三年来中断了和上级的联系，吃尽了国民党反动派的苦头，认为我们同国民党反动派结下的是不共戴天的血海深仇，是两个阶级之间的深仇大恨，永远不能调和。因此，一开始谭余保同志就把陈毅同志当作国民党的说客，当作叛徒，粗暴地接待了他。后来，谭余保同志当面向陈毅同志道了歉。并说他之所以格外警惕，是怕上当，因为他曾经有过不少深刻的血的教训。

陈洪时叛变投敌后，竟带了一个保安团进山"搜剿"，把我们攸醴萍地区的党组织几乎全给破坏了，游击队也遭受了很大损失，群众也受了害。

还有一次，一个冒充湘鄂赣游击根据地领导人的坏家伙，说是来我们杨梅山地区联系工作的，实际上是来刺探情报的。他走后不久，国民党军就跟着来搜山了。幸亏我们有所觉察，及时进行了转移，才免遭横祸。

　　他说这惨重的教训太多了，领导人如不警惕，部队就要吃大亏，辛辛苦苦保存下来的革命力量就会白白葬送。

　　后来，陈毅同志在回忆这段历史时还深有感触地说："谭余保同志是党培养多年的老同志，有很丰富的斗争经验。这人革命坚定、党性强、本质好，党叫咋干就咋干，从不考虑个人的利益。我对这个人是很尊敬的，的确是一位很好的游击斗争的领导者。"

三年游击战争中的刘培善[*]

罗维道

1934 年底，湘赣根据地全部被敌人占领了，在敌人的重重包围中，我们独五团奉命向湘南进军，沿途辗转激战，部队伤亡很大。当我们到桂东、桂阳等地，部队遭到敌人的包围，战斗持续到傍晚。由于敌众我寡，整个部队被打散了，团长、政委不知去向，为了摆脱危险的处境，我们提出"坚决冲出去，死也不当俘虏"的口号，经过激烈战斗，我和卢文新、童炎生、李必明等百余人终于突出了重围。

这时，有人提出到中央根据地瑞金去，但滔滔赣江相隔不易过去。最后，大家一致同意回武功山找省委，这是我们在艰苦环境下的唯一希望。

1935 年 6 月初，几经周折，我们终于来到武功山。一天，我们来到王坪，发现从一所破房子里走出来一个头戴鲜

＊ 本文原标题为《他是革命强中强——回忆三年游击战争时期的刘培善同志》，收录时做了适当修改。

红色五星军帽的瘦高个子，我们既兴奋又惊奇。他就是省委挺进队的政委刘培善，他热情地同我们握着手说："五团老大哥回来了，欢迎！欢迎！"虽然大敌当前，处境险恶，但他的讲话，总是给人以信心。当我把独立五团的情况向他汇报后，培善同志很气愤地说："在战斗紧要关头，有的干部逃跑，可耻！可耻！在战场上贪生怕死是败类，是逃兵。敌人多，敌人强，根据地被占领了，这都没有什么可怕的，可怕的是我们党内、军内出叛徒。叛徒就是反革命，我们抓到这些家伙绝不能留情，不然我们要吃亏的。"培善同志热情地称赞我们是真正的英雄，是宝贵的革命力量。他说："我们要用革命的勇气去战胜敌人的残暴。"

武功山地区一个完整排的部队已不多了。我们由于缺粮食，有的人连站都站不住了。刘培善同志看见后，立即把身上米袋里的一点米倒了出来，其他同志也把剩余的米倒了出来。他亲切地对我们说："你们大概好几天没吃饭了，现在米不多，全部给你们烧稀饭吧。两人分一碗吃，吃完后，我带你们去找省委。"

同志们看到刘政委把最后的一点粮食都给了我们，十分激动。有的同志手拄着棍子，扶着墙站起来，含着眼泪说："刘政委，你把仅存的一点米都给我们，你真是个好首长，好领导。"培善同志笑着说："我们为了打倒卖国贼蒋介石，争取工农解放，站在一起打土豪分田地，咱们是革命战友。你们回来了，我们很高兴，给你们点粮食是应该的。"

饭后，培善同志带着我从那所破房子后面沿水沟向山上爬，快到山顶时，我看到在水沟两边的树底下站着、坐着几十个人。在河边的一块青石上坐着一个人，他的两旁站着几个挂着"快慢机"的警卫，还有一个人给他撑着雨伞。培善同志对我说："他就是省委书记陈洪时（后叛变投敌）。"这是我第一次见到他。我们走到他面前，培善同志向他介绍说："陈书记，罗维道同志是独立五团的，他带回来了几十个人。"

　　陈洪时抬起头冷冰冰地问我："你们团长、政委到哪里去了？还有人吗？"我把情况说完后，陈洪时悲观地说："向南进军的部队被搞光了，没有向南进军的部队，也被敌人搞光了。你们知道中央到哪里去了？主力红军到哪里去了？现在看来情况越来越严重，困难会越来越多。"刘培善同志一听，忍不住插话说："我们有几十个人，独立五团回来几十个人，合起来有 100 多人。山上失散的还能找回一些人，整编一下人还不少。"停了片刻，他接着又说："这些同志都身经百战，有土地革命的斗争觉悟，作战勇敢。山上的群众被敌人强迫移到山下去了，现也在同敌人斗争。山下没房子住，没地耕，农民不种地就没有粮食吃，要饿死，只能回山上来，他们的斗争也会越来越尖锐。只要我们坚持打倒蒋介石，推翻国民党反动政府的斗争，继续进行打土豪分田地，群众一定会支持我们的。只要有群众的支持，哪怕环境再恶劣，困难再多，我们也不怕。我们的力量会越来越壮大。"陈洪时似听非听地等培善同志讲完，叹了一口长气说："唉！独立五团回来的人就编为湘东南大队，由罗维道任大队长兼政委，黄炳光任特派员，以九龙、太和山为行动地区。武功山目标太大，你们尽快离开。刘培善你把保存的钱给他们点，做活动经费，以后经费要靠自己解决。"

我们回到王坪不久，省委派人又把刘培善同志叫去了。他行前对我们的行动很关心，再三嘱咐说："国民党反动派已调兵遣将，开始向我们这里'围剿'了，你们的行动要特别小心。"我对部队做了简短的动员，等天黑后，我们就准备离开王坪。我们即将出发的时候，突然看见培善同志气呼呼地跑了回来。我一看，知道情况不妙。他急急忙忙地把我叫到一旁，愤慨地说："陈洪时要到白区去工作。他叫我带部队跟他走，如果不去，他要下我的枪。"我好像看到他心头有一团烈火在燃烧。接着，他又说："陈洪时讲，挺进队是省委指挥的部队，情况很紧，敌人要向这里'围剿'。他还说，现在咱们身上的经费又不多，唯一的办法是转移到敌人包围圈外面去。那里的山小，既没有目标，又便于和群众接近，虽然离敌人据点近，但敌人不太注意，叫敌人的'围剿'扑个空。"停了一会儿，培善同志沉着地说："我当场揭穿了他企图投降的阴谋。我说，省委机关加上部队人员，目标够大了，山小有情况不好转移，到新的地区群众基础弱，这样做不是等于去送死吗？！陈洪时听我这样一讲，火冒三丈。他凶狠地说，省委已定了，你不去，就把枪拿下来。这时，早已准备好的五六个人就一下子向我围上来，他们把枪推上子弹对准我，要下我的枪。我一气之下把枪掏出来，对准陈洪时大声喝道：'我刘培善头可断，血可流，活着是革命的人，死了是革命的鬼。你陈洪时叫我跟你去白区工作，等于去送死，绝对办不到。'坚决革命到底的同志跟我来！结果，原来要下我枪的有四个也跟我来了。"

听刘培善同志一讲，我对他无所畏惧的精神和坚定的革命信念，更加钦佩了。后来，培善同志率领部队同我们立即转移。6月中旬，陈洪时带了十几个人可耻叛变投敌，当了国民党反动派的招抚员。

由于当时斗争的需要，培善同志带挺进队向棋盘山、安福方向走，我们大队翻过九陇山，向湖南的茶陵方向走。陈洪时叛变后，敌人调动更多兵力向武功山、棋盘山、柑子山进行了疯狂残酷的围山、搜山"清剿"，移民并村，恢复保甲制，企图困死我们。敌人在向我使用武力的同时，还到处散发陈洪时等叛变分子书写的劝降信，妄想引诱我们出山。那些肮脏的劝降信指名道姓地说，只要我们带部队下山接受"改编"，不杀还要升官加赏等。但是，我们在培善同志的领导下，硬是顶住了敌人的压力，虽然环境越来越艰苦，但广大指战员的革命斗争意志却越来越坚强。

不久，我们在棋盘山和柑子山上，同培善同志的部队又会合了。那时，我们的部队没有多少发展，也不能到大村庄或中小城镇去活动。在这种情况下，有的同志问什么时候才能找到领导。培善同志说："革命就是要有我无敌，不能有敌无我。支部、党委就是领导。毛泽东同志说，全国布满了干柴，总有一天会烧起来。只要我们以大山为依托，坚持长期的革命游击战争，苦难总会过去，革命胜利的日子一定会到来。"他说完以后，大家高兴地说：听政委讲话，我们的肚子都不觉得饿了。

一天，我们在大风大雨的黑夜里，向太和山行动。当我们走到一片被敌人烧毁的桐林时，发现前面有个黑影子在移动，我们立刻警惕起来。在前面的尖兵发出问话：你是什么人？回答说：我是谭余保，我们一听是省苏维埃主席谭余保，心里有说不出的高兴。一边加快脚步，一边回答说：我们是湘东南大队，原独立五团的部队。大家都兴奋地说：这下可找到上级领导了。

1935 年 7 月，湘赣临时省委在棋盘山地区宣告成立，并组成了湘赣游击司令部，培善同志当选为省委常委兼游击队政治部主任。新省委提出了适应当时游击战争环境的方针、政策。培善同志看到当时财政困难，主动将挺进队节省下来的 300 余元钱交给了临时省委。临时省委张贴了告工农兵群众书，指出原省委书记陈洪时出卖了工农革命利益，向国民党反动派投降，是革命的可耻叛徒。以谭余保等同志组成的新的临时省委，在民主集中制的原则下实行统一领导，坚持继续实行工农土地革命，打倒卖国贼蒋介石政府。敌人看到布告很惊惶，再也不敢轻易进山"围剿"了。工农群众高兴地说，有谭余保的领导，我们又可打土豪分田地了。

培善同志对新的临时省委非常信赖，执行临时省委的决议也非常坚决。1935年七八月，敌人向棋盘山"围剿"，他向省委建议进行反"围剿"，不能老蹲在山里打圈子，要转到敌占区去。敌人进山，我们出山，找薄弱的敌人打击他，消灭他。临时省委同意了他的建议。二、四大队联合行动，袭击了湖南茶陵高陇守敌。在进攻前，他反复动员，这一仗一定要打胜。他要求干部要在突击队里，走在前，冲锋在前。在接近守敌据点时，培善同志在突击组第二名后面，绕过了敌哨兵冲进敌营房里，敌人除几个在打麻将外，都在睡大觉，培善把仅有的两枚手榴弹往里面一扔，炸得敌人慌乱一团。有几个家伙企图持枪和我们拼，刘培善同志大声一喊："我们是红军。缴枪不杀！"敌人乖乖地举起了手。据点里70多个敌人当场死伤20余人，被我活捉40余人，我们没有一个伤亡。我们把缴获的敌人的粮食、衣服，大部分发给了当地群众。群众说："红军就是好，把压在我们身上的石头搬掉了。"这一仗大显了我们的威风，扩大了政治影响，振奋了士气。

为使敌占区广大工农和国民党军队中的士兵能看到临时省委出的布告，培善同志提出把我们的宣传品给上山交款的代表去散发、张贴，这个办法很灵，不久就在江西、湖南省很快传开了临时省委成立、陈洪时是叛徒的消息。群众说："红军还在，我们又有希望了。"湘赣临时省委成立的布告大量散发、张贴，震惊了敌人，再也不敢轻易对我发动"围剿"。

1937年春，为粉碎敌人的"围剿"，刘培善同志统一指挥一、三、四连，袭击了江西安福洲湖镇。这一仗，全歼守敌保安中队，活捉并处决安福县县长朱孟珍，缴获步枪40余支，子弹几千发。

从红军撤离根据地后，我们在极其艰苦的环境下，坚持斗争，成立了新的临时省委，建立了游击区，打开了局面。这时培善同志建议用毛竹搭架，杉树皮盖顶，造起了简易营房。在营区里，我们还办起了"列宁室"、墙报，早晚可以唱红军歌曲了。我们还油印了毛泽东同志的《湖南农民运动考察报告》《关于纠正党内错误思想》等光辉著作，为部队学习创造了条件。

湘赣边区的游击队，逐渐从山上发展到了广大农村、小镇，以往兜山头转的被动局面改变了。

1937年七七卢沟桥事变后，日寇大举侵华，我党实行了抗日民族统一战线政策。年底，奉党中央的命令，我们改编为新四军一支队一大队，培善同志任政委。

寻找谭余保[*]

陈　毅

抗日民族统一战线达成后，我们到了赣东北，很快就接上头，传达了中央关于国共合作的指示，很快就搞通了。只有谭余保同志在安福一带打得很凶。我到兴国、南昌同国民党谈判，不好说话。他们说："共产党讲停战了，这里还不停，我们还要去剿。"我说："你们不能'剿'，你们去'剿'就打起来了。我去找他们。"于是我就去了。

我到永新、莲花，找到老百姓问："你们这里有个谭余保吗？"他们都说："不知道。"那时我有一副担架，一个人没办法走，国民党还派了两个兵，我把两个兵赶走，把担架也丢掉，住到老百姓家。这天，有个人从我住的地方经过，我看是谭余保的侦察人员。就说："老人家，你过来，我们谈谈话。"我问："山里边有什么人？""没有。""一定有。"

＊　本文节选自《三年游击战争回忆》，收录时做了适当修改。

我说，"我要见谭余保同志，我是共产党，不是叛徒——我要是叛徒就不来了，我是代表中共中央的，听说他们在这里。"他说："没有，有就告诉你。"还是不讲。这样过了几天，我天天和老百姓谈话。后来找到一个老百姓，向他谈到抗日形势，谈到国共合作的新局面，他说："我原是怀疑你的。你跑来干什么？带着两个勤务兵，是个叛徒，是来收编队伍的。但我看你把炒米、把糖给小孩子吃，帮老百姓割稻子，和大家谈话，是个共产党，共产党都用这办法。听你讲的，我想按道理是应该合作，我如果是谭余保就应当合作，不合作我们老百姓不得了。"

他又讲："这里是基本地区，共产党说我们勾结反革命，国民党说我们勾结共产党，我们夹在中间，要是不合作停战，真是吃不消。"

我找到谭余保的队伍，过了三天三夜，他的人要把我捆起来。我说："我要见你们的谭余保，见你们的省委。"

"那当然可以。"接着又问，"你有多少队伍？"

"我一个队伍也没有。"

到了第二天清早，把我的表呀、衬衣呀，都搜掉。我想：这回要完蛋了，让共产党打掉，实在出乎意外啊。接着，谭余保派人向我提了两个问题："第一，你要把叛变党的经过全部老实地讲出来；第二，你要把这一次怎样勾结敌人，怎样来进攻我们讲出来，这样可以宽大。"

"我交代啥东西？"我说，"我什么时候叛变了？我是看到反动派的报纸，知道你们在这里，我是代表江西中央根据地去和敌人谈判的。"

他说："你看报纸又怎么样，报上讲到江西共产党首领陈毅投诚了。"

我说："反动派的报纸你也相信？"

他说："我们怎晓得你没有叛变。敌人怎么进攻呀？"

"什么进攻？是你们进攻人家，而不是人家进攻我们。人家一定要大规模进攻这里，是我把它反对掉了。"我说，"你们打敌人我不是不赞成，打土豪劣绅也不坏，可是现在打不得，打了在政治上不好，是不是？我的意见是最好不要打内战，我们打死一个就少一个。我们今天没有权利打，北方毛主席、朱总司令他们在号召合作抗日，我们就不能打，打了我们步调就不一致。"

"你这是强辩，你这叛徒！"

真没有办法。我说："我要找谭余保，我不跟你谈了。"

他就把区公所派了跟我来的那个人拉到下面去，一顿苦打，打得那人哎哟哎哟直叫。我说："这是区公所派人照顾我的，你打他完全没有道理，你这是乱来嘛，你政治水平不高。"

"你水平高，你去投降！"

我说："叛徒也没有这么蠢，还带着这么一个人跑到这里来，简直是笑话。"

他说："他现在供认了，他全部把你供出来了。"

我说："这简直是笑话。你能不能松松绑呀！"

"松绑呀？我今晚就要砍你的脑袋，还松绑！？"

第二天下午，他说："今天谭主席要见你。"我说："好。"又把我拉去审问，我要去小便。他哇哇叫："你不要调皮，你要跑，我就把你打死。"我说："怕死就不来了，怕死不当兵嘛。"

谭余保来了，他这次是最后一次审问，想冒诈一下。实际上他是相信统一战线，准备接受统一战线，但没有最后相信，来冒诈一下，考验一下，搞得我情绪很紧张。因为有一两百人坐在那里，像公审犯人一样。我估计有可能拉出去枪毙掉，也可能松绑。我站在那里看看，好像有人认识我的样子。等了一会儿，谭余保来了，带把驳壳枪，戴个黑眼镜，戴顶红军帽子。我说："你就是谭余保？"

他说："我就是谭余保，你认识我？"

我说："我晓得你这个名字。"

"我也晓得你呀。"他说，"在井冈山，你在上面讲话，神气十足，我们都在那里坐着听。你过去讲的话你还记得吗？"

我说："我讲什么呀？我讲的话很多呀，一做报告就好几个钟头呀。"

"不是要革命吗？要坚决嘛，不要投机嘛，你现在怎么样？"

"我怎么样？"

"不是投机了吗?"他说,"大报告几个钟头,摇头摆尾的,你现在呢?你是投机,你还有脸见我?你赶快坦白,你不坦白我还要审你!"他骂,说的要点还是那几件:"为什么要投降?你们苏区丧失了,你们把我们丢了。你们一走,三年不来消息,你们领导人怕死,带走了红军,留下个陈洪时这么个叛徒在这里领导。你现在要搞合作,阶级斗争嘛,怎么能和资产阶级合作呢?"他讲走火了,乱讲起来,"你们全去合作,我不合作,我要革命到底!"

我说:"谭余保同志,你光想自己,不顾大局,光是叛徒、叛徒,根本是无的放矢。你怎么能讲这话,'你们合作,我不合作',你是共产党员,你得相信组织嘛!"

"我就是这样,就不去叛变,自始至终为农民,不像你们知识分子吃不得苦,耐不得了就叛变了?"

"这是笑话。什么吃不得苦,耐不得了?"

"不准你讲,讲我就骂你!"

真拿他没办法,但群众看出来了。在场有一两百人,还有干部,他们在商量应付这个局面,"让他讲讲道理嘛!"

"毙了他!"他不准我讲。我说:"谭余保同志,不要这样。你用枪毙那套不行,怕死不当共产党,你派人到吉安,到南昌,到延安去,就会查清楚我这次来是为共产党工作还是为国民党工作。朱总司令他们到南京了,叶剑英在武汉,项英过些日子打南昌回来了……"

"项英、叶剑英我不管,你就是斯大林、毛泽东派来的,我也要把你抓起来！"

这个时候很重要，我可抓到机会了。我说："你浑蛋！你是土匪头子！我半天都忍耐，我以为你是共产党。"我也有些激动了，"你们广大指战员的坚决我非常佩服，你们为了党，不怕牺牲，你们是光荣的，今天大骂我叛徒我不管，怀疑我也是应该的，这很容易理解。你们站在阶级立场上，很难突然接受统一战线，我讲项英、叶剑英、朱德派来的，你就抓起来；毛泽东、斯大林派来的你也抓起来，毛泽东、斯大林你怎么能抓得？你已经离开了党的立场，你怎么当省委书记？你们大家站稳阶级立场，搞游击战争是应该的，当土匪就不干！谭余保，你枪毙好了，你有本事把我枪毙了。你是共产党员就不能枪毙我，你是土匪就枪毙我。枪毙吧！"

"好家伙，国家叛徒还蛮硬呢！"他哈哈直笑。

我说："你想怎么？你完全丧失了立场，你怎么能做省委书记呢？我就不知道你怎么领导，这样搞，你辜负了广大指战员的信任。你说我是叛徒，我看你是叛徒！"

他还是笑："你这个办法过不了关。"

其实，我也是抓住这个机会反冲他一下，要不他以为我做贼心虚。这时有个秘书，是个知识分子，上来说："让他讲，把情况讲清楚。"

"不让他说。"谭余保说，"叛徒，来宣传机会主义理论。把他押下去！"

第四天，守卫说："你好好准备，好好把问题讲一讲。"

第五天上午，又去见谭余保。下面有些人，他集合讲话，意思是巩固内部。他们内部意见很多。他说："同志们，今天见到这么一个重要人物，名叫陈毅。当然是老资格喽。我们要审查。不能够不相信，但也要站稳阶级立场，不能随便相信。他有几个理由。第一个是过去苏维埃是正确的，现在苏维埃不能用了，取消苏维埃。这当然是机会主义。第二个是土地改革，他主张阶级合作。第三，把红军改编为国民革命军，这是摘帽子投降敌人，这是机会主义、投降主义，知识分子吃不得游击战争的苦，对国民党幻想，他去投机，相信合作，我们要站稳立场，不要受他影响。但也不要把他当叛徒对待。"这下子我放心了。不枪毙，可以多活两天了。

当天晚上，已经很晚了，谭余保又跑来："你讲！"我故意装不懂，说："干什么？我给你讲什么？"他的警卫员在。他说："都出去，不准进来，我一个人在这里。"他又小声说："在井冈山的时候，我听过你的讲话呀。你这次来我是很欢迎的，可我们要站稳阶级立场，不能优待你，把你扣起来，你把叛变的经过全部讲出来，这里没人听，我给你保守秘密，不给你宣布，保持你的地位。像你这样的负责人是很难得的，你讲吧！"

我说："谭余保同志，你也是个老资格了，你想真正的叛徒哪有这么简单的，你怎么能够收买呢？我不晓得你怎么当的省委书记，你的想法也没有政治意义。"

"你乱讲，我枪毙你！"

我说："你枪毙就枪毙吧，在这里五天了，你枪毙不了，怎么办呢？我是共产党员，你不敢枪毙，我跟你讲理没有用，只好教训你，这不合理嘛。你这里坚持游击，我赞成你，很光荣，我这才来。你是个农民，搞到现在，搞成这么个队伍，不错呀，对抗日很有用呀，能坚持到最后是很好的，但是你的考虑没有道理。"

"好好，我现在和你——两个共产党员讲话。讲共产党的话。你起来！"他为了表示尊敬，把衣服理了理说，"我首先对不起你，我不应该这样对待你，向你道歉。你是我的上级，我现在和你谈心。"他一讲讲到天亮，怎么样起义，怎么样上山，怎么样隐蔽，怎么样发展，说得有条有理。他说："我是坚决的，我谭余保革命到底，我对土地革命是有经验的，对抗日没有把握，我就怀疑你。你今天给我的教育很正确，我愿意接受。你要拿我去反共，我就把你杀了。"

我说："谭余保同志，这是真的还是假的？你挖苦我嘛，你要把绳子给我解掉，放开我嘛！脚手都绑起怎么办呀？"

"好好好！亲爱的同志，对不起你！"

这天晚上的谈判就是这样，他很坚定，觉悟很高，但是没有方向，怕人家欺骗，处境也很难，也确实有叛变的。最后我说："你现在应该接受统一战线，我一下山，人家会说咱们共产党讲信义。"他想了三天，我又住了三天，他答应了。我就下山去了。

我下山之后，停战普遍实现了。以后碰到谭余保，他佩服我了。

那时候找关系非常困难，游击战争时期都非常警惕，国民党千方百计搞我们。我这次是冒了次险，当时我如果不冒那个险，那个部队有可能完全被敌人搞垮。那时有好多游击队，一个是闽南何鸣的游击队，就完全散了，全部被缴械。一个是杨文翰的队伍，根本不搞配合。谭余保起到很大作用，就靠他维持那个地方。什么吉安、莲花，讲到谭余保，很有威望。吉安保安队的那个参谋长夸奖谭余保，说："谭余保来了，我们一定欢迎他，打得我们好苦哟！"大余县县长见到我也说："你们胜了，我们投降，你们队伍搞得我们好苦哟！"我说："你们是不是还进攻？"他说："还进攻什么哟，那么大的队伍都搞不了你们，现在你在江西更打不倒了。江西是你们的了。"

谭余保的队伍和上饶的队伍很好，觉悟很高，抗日战争时期，在江南打日本、摸哨，搞"两面政权"，敌人很恼火。它不同于国民党的正规军队，正规军队有规律可据，有那套编制、那套做法，小游击队打起仗来，日本人毫无办法，他不熟悉地形，不熟悉游击队的情况；游击队地方熟，钻得来，跑得快。抗日战争时期，日本人、汉奸很怕游击队。

蔡会文、方维夏英勇牺牲[*]

周　里

1935 年秋天，敌人增派三省兵力进行"清剿"。有一天，湖南军阀何键部 3 个连进攻我们司令部，群众给我们报了信，我们做了迎敌准备。

敌人 1 个前哨连已经进山来了，其余 2 个连每连相隔四五里地向我方蠕动。我们隐伏在山岗上，透过丛林，看得清清楚楚。赣南军区司令员蔡会文当机立断地说："送上砧板的肉不吃，送上门的敌人不打，尚待何时？先吃掉它 1 个连再说。"当时，我们司令部及直属队连伤病员加起来才七八十人。蔡司令即做部署，我们左右迂回拉成口袋阵势。眼看敌人到了跟前，蔡司令一声令下："打！"正面火力居高临下，如雨点集中扫射，两边滚木礌石似山崩地裂砸向敌人。敌人慌乱不知所措，应声倒下一片。"同志们，冲啊！"接

---

　　* 本文节选自《湘南三年游击战争的回顾》，收录时做了适当修改。

着，我们一个泰山压顶，猛虎扑羊，连伤病员都忘了病痛，一股劲冲了下去，打得敌人魂飞魄散，死伤50多人，其余的只好乖乖地举手投降。特委书记陈山带了五六个战士在另一个山头，一声喊也缴了敌人1个班的枪。敌人前面这个连歼灭后，后面2个连便闻风逃走了。

1936年初春，我们驻在东边一座海拔一千二三百米高的朱冠山赤水仙下面的山腰里。山顶赤水仙庵子里驻有敌人1个营，山脚的上堡圩驻有广东军阀余汉谋部彭霖生师1个团，东面江西上犹营前圩还有敌人1个团驻守。上下左右的敌人离我们都只有二三十里路。山顶上的敌人不敢来侵犯我们，山脚下广东敌人因有叛徒告密，知道我们分散游击，便以连为单位步步为营封锁我们。

有一天，敌1个营进山袭击我们。此时支队司令部和特委一共只有四五十人枪，哨兵报告说，敌人已经沿着小路向我们驻地袭来了，我们就分路撤退。陈山带了七八个人朝另一个山头转移，我带了二三十个人冲下山沿山溪突围，蔡会文带了十几个人向山坳上撤退。那时，我们每天都约定，如果打仗散了，第二天就到某个山头集合。这天上午打仗被冲散后，我带队伍到了预定的那个山上。不久，陈山派警卫员来送信说，他挂了花，来不了。蔡会文怎么样？大家焦急地等待着。等到第二天下午，几个和蔡会文在一起的战士也突围出来找到我们，一见面就说："蔡司令危险，被敌人包围了。"第三天，蔡司令的警卫员江德辉最后突围出来，见到我们，泪如泉涌，一头扑在我的怀里，泣不成声地说："蔡司令壮烈牺牲了！"晴天霹雳！一下子全体战士心都碎了。大家摘下军帽，向着蔡司令遇难的山头鞠躬默哀。

原来，那天冲散后，天下大雨，山溪水暴涨。上午，我们是手拉手过河到预约的山上的。下午蔡会文来时，已不能过河了，于是他带战士们转回去。途中发现地上有饭，断定是自己的队伍，急忙追上去，才知是湘赣临时省委书记谭余保派来联络的王用济交通班 12 人。他们会合后，20 多人又回到朱冠山上。蔡会文派管理员陈钧亮去买米。下午陈钧亮没有回来，蔡会文带领同志们挖冬笋、扯草根、树叶，用积雪搓去泥巴，放在缴来的敌人钢盔里煮熟吃。他对王用济说："十来天没有见过米了，能吃上冬笋煮草根就算有口福，打游击还真有点罗曼蒂克味。"没料到陈钧亮下山时被俘投敌，第二天天刚亮，这个叛徒带着一些穿得破破烂烂化装成农民的敌人，迅速包围了棚子。接着敌人 1 个营压来了。"叭！叭！"哨兵鸣枪报警，被敌击倒。蔡会文举枪还击，掩护同志们撤退，不幸身负重伤。警卫员江德辉要背着他撤退，他命令江德辉："你们赶快冲出去找周里！"蔡司令被俘后，宁死不屈，拒绝敌人用竹椅抬去请功，拼命抗争，被敌人杀害，年仅 28 岁。

"正是青春好年华，赤心为党为国家；壮志未酬身先卒，血染遍山杜鹃花。"

蔡会文将军永垂不朽！

蔡会文牺牲三天后，我们回到原先被敌人包围的那座山上，找到了右手负伤的特委书记陈山。陈山下令给我："司令员蔡会文已经牺牲，我也挂了花，请周里同志代理特委书记，担任党和军队的领导及指挥工作。"陈山要我带领第六大队和司令部直属队迅速突围，把敌人引走，这样他也安全了。我带着这数十人突围转移后没有几天，陈山和3个警卫员就被敌人包围抓走了。后来，听陈山的警卫员刘家运说，陈山被俘后，在单独送往衡阳医院治疗时投敌。后来，他带着敌人来搜山，并潜入西边山游击队进行反动宣传，暗害游击战士。游击队负责肃反工作的原湘赣省保卫局干部顾星奎发觉后，在洪水山将他逮捕，就地枪决。

我率领部队突围转移后，西边山游击队又遭到敌人进攻，游世雄带了1个大队转移到酃县去了。我带着六大队、司令部直属队先走八面山，找到了另外2个大队100来人。我们留下1个小分队与敌人周旋，然后开赴酃县。有天晚上，我们在酃县西坑与江西坑口中间的大山上宿营，放了几道暗哨。入夜，山林幽静，万籁俱寂，哨兵警觉地发现对面山上有人走动。我们分析，可能是自己的队伍。第二天黎明时进行侦察联络，果然是游世雄带来的1个大队。我们这2支部队共200余人会合后，我拿陈山手令给游世雄、李国兴看，一起商议决定：游世雄代理湘粤赣游击支队司令员，我任湘粤赣边特委书记兼支队政治委员。

不料没有多久，又传来了方维夏同志在桂东下庄仙背山被敌人杀害的消息，指战员无不放声痛哭。我是 1935 年秋天在东边山第一次见到方维夏的。那时，他已经是 56 岁的老人了。他为人耿直，吃苦耐劳，到过苏联学习，满肚子学问。虽然年近花甲，但精神矍铄，干劲很大。部队行军刚坐下来休息，他就忙着做宣传；一打仗，他就带着左轮手枪参战。部队在一个大山里整训时，他主办了几期干部训练班。有次东边山开特委会，他还要我派二三十人去学习。他给干部上课，讲共产主义的光明前途，讲党和红军的铁的纪律，特别是用苏联红军的英雄事迹，鼓励大家的斗志。1935 年冬，方维夏因年老体衰又眼睛近视，随部队走很困难，特委决定让他留在"后方"。那时，在新的游击区没有巩固的后方，所谓"后方"就是边远的大山上。他和老伴身边仅带了几个警卫战士和一个采购员，住在桂东大山中一个临时用茅草搭起的棚子里。1936 年 4 月，由于敌人封锁很严，方维夏和同志们已十来天未见米星子了，派战士莫犹斌、郭先古、黄光古去山下筹粮，被国民党沙田乡乡长郭英汾抓后叛变。敌人仍要他们以送粮为名回到山上。他们卑鄙地先后杀害了方维夏身边的两个警卫员和方维夏夫妇。

在我们突围后，东边山 1 个团的敌人尾追到了酃县。我们不少指战员是酃县人，熟悉人情地理环境。在一个葫芦谷口，我们突然杀了个回马枪，毙敌十几人，甩掉了尾追之敌。我们在酃县活动了一个多星期。因敌人并村，把老百姓赶进碉堡附近围子里，而我们人多，给养困难，就经八面山返回西边山。

这时，我们从找到的国民党报纸上，看到在茶陵、安仁、酃县边界的潭湾，还有个陈梅连游击队，又听说湘南特委机关也在那里。于是，我们就带部队，两天日夜兼程300多里，奔向潭湾会师，迎接新的战斗。

奇袭华王庙[*]

谢竹峰

　　1934年冬，我们游击队已发展到80多人，拥有60多支长枪、8支短枪。湘南特委为了加强领导，派了刘厚春（化名刘向明）回耒阳任大队政委，刘厚总改任大队长，又派了一位姓李的红军干部（福建人，忘记了名字）任副大队长。原大队长刘德兑调任竹市区委书记，从事党的地下工作。几个月来，我们游击队活动在耒（阳）安（仁）永（兴）边界，越战越强，取得了对敌斗争的一系列胜利。

　　华王庙属安仁县管辖，是安、耒两县边界的一个大集镇。每逢集市，人山人海，热闹得很，街下头有个品字形朝街大戏台，背后是两层楼房，楼房与戏台之间是一个长方形的院子。由于几个月来，游击队在华王庙一带活动频繁，国民党反动派为了对付游击队，特调遣一个正规连驻守华王

　　＊ 本文节选自《坚持在耒安永游击区》，收录时做了适当修改。

庙，并选中这个戏台及其后院作为营房，在周围加固工事：将戏台两端楼上楼下的三面墙向外伸出半米留作枪眼，上部封顶做成斜坡形状连接台沿，斜坡上粉着厚厚的石灰，像钉鞋似的插满用桐油浸制的非常坚硬的竹签；台上筑成狗牙形城墙的垛口，由两个哨兵站岗；戏台与楼房中间的东西出入门口，筑了两个有枪眼的圆形岗亭。在其附近，还筑了座碉堡。敌军控制着华王庙，对于我游击队在未安边界的活动是一个严重障碍。

为了拔掉国民党在我交通线上的这颗"钉子"，中心县委和游击队曾多次派人潜入华王庙街上侦察敌情。据侦察员回来报告，华王庙逢集那天，敌军只限四条路允许赶集的人通过，而且是大清早就四路布岗，每条路布置五个哨兵严格检查行人；前后两个哨兵对过往行人，不管男女老少一律搜身，遇有挑箩筐拿篮子的要将其翻转，对挑的稻谷、豆子要用铁条去捅；后面的三个哨兵端着上了刺刀的步枪，站在几米远的路旁，虎视眈眈地看着行人。但近来，敌人也许是看到风平浪静，已开始放松防御。每次逢集，三三两两的敌兵任意逛街，喝酒猜拳，有的还暗地里在店中打牌、赌钱、嫖女人，真正在营房内的兵就不多了。中心县委掌握敌情以后，决定巧出奇兵，袭击华王庙。

1934 年 12 月 24 日夜晚，游击队在永兴大岭一座庵子里召开大会。会上，我宣布了县委关于攻打华王庙的决定。全场一下热闹开了。

李副大队长见大家情绪饱满，积极要求歼灭敌人，满心欢喜，就亮开大嗓门说："我们这一带，像个大菜园，华王庙这伙敌军像一窝猪崽子，他们把头伸到我们菜园里想吃菜，我们要砸烂他们的头。华王庙的猪崽子是块'肥肉'，好吃，可又是块茅坑里的石头，又臭又硬，吃不好也可能会硌掉牙齿的。怎样消灭他们，大家可要好好研究呀！"

一说研究，大家便议论开来。有的说："把敌人引出来打。"有的说："敌人最害怕我们游击队突袭，所以一般情况不出圩场，是很难把他们引出来的。"还有的主张晚上去偷袭。

在大家感到一时难定的时候，有几位干部望了望我，征求我的意见。我思索了一下，说道："敌人多，武器好，我们绝对不能硬拼。到底是晚上去打好，还是白天去打好？白天去打不行，但夜晚去打，又怕敌人有戒备。我看不如后天（农历十一月二十日）赶集的日子（华王庙是逢五、十赶集），我们组织短枪队，化装成赶集的人，先先后后进入圩场，先将把门的哨兵干掉，然后进入敌军驻地，打它个措手不及。大家看行不行？"大家听了，都认为我说的这个办法好。接着，我们又详细分析了敌我双方的力量，估计了可能出现的问题，并做出了具体部署。夜已经很深了。可是，游击队员们没有一点睡意，各自都在进行紧张的战斗准备。

从大岭到华王庙，行程约 40 里。第二日傍晚，游击队从大岭出发，计划当晚赶到离华王庙约 2 里的地方埋伏，等天亮时，先派短枪队化装为赶集的农民混入圩场，打响后，长枪队即增援上去，歼灭敌人。不料当晚下大雨，路滑难走，耽误了时间，天将亮时才赶到离华王庙还有 12 里的大桥李家。天亮后，游击队还是派了 2 个队员，携带 8 支短枪，化装成赶集的农民混入了圩场。

12 月 26 日（农历十一月二十日）清晨，到华王庙赶集的人熙熙攘攘。那卖柴的、卖米的、卖菜的，一个个挑着担子，走得甚急；店铺的门面都打开了，小百货店在清扫柜台，饭馆的小伙计在忙着劈柴、挑水；摊贩们有的在支篷子，有的在摆货物，有的已摇起皮鼓和铜铛铛，在高声叫卖，招引顾客；还有两家为争摆摊的地盘动了手脚……

我地下党联络员早就在街巷当中，用两扇门板搭成一个临时货摊，上面摆着一些字画，靠墙处扯了一条细麻绳，悬挂着一幅《钟馗捉鬼图》。

"乡亲们，请买这幅画！"卖画人指着画上的钟馗说，"人稀鬼逞威，妖魔争作祟，要将鬼妖除，快来请钟馗！"

"多少钱一张？"一个游击队员挤上前去问道。

"一张 1 块光洋。"

"能除妖么？"

"此传已久。"

那个游击队员迅速掏出银洋，放在手心，向上抛了三抛，继续问他："能不能便宜一点？

"不讲纸墨，就是功夫都赔不起啊！"

"好吧，我买下这张，钱都在这里。"

就这样，那位游击队员按照规定暗号，与圩上的联络员接上头，表示我们短枪队 12 个人都先先后后进入了圩场。

吃过早饭后，我们 12 个队员迅速地混入赶集的人群。担任侦察的曾老四挑着柴担早已等在这里，向他们使个眼色，他们便三三两两地朝戏台那头走去。短枪队一步步接近了戏台。

戏台前面站着两个哨兵，持着枪，耀武扬威地踱来踱去，还不时嬉皮笑脸地盘问过路的女人，查看着行人的担子。

上午 10 点左右，我们开始行动。主攻袭击组已走近靠戏台前约 10 米处的店门口，一个高个子队员从店里背出一张高桌子，另一个队员在街上店门边点燃了一串鞭炮，噼里啪啦地响着。台上两个站岗的哨兵和街上赶集的群众，不知是怎么回事，都不约而同来看热闹。一刹那间，桌子已在台下放好了。大队长刘厚总迅速掏出驳壳枪跃上桌子，一脚尖踏在戏台前的斜顶上，趁势冲上去，左手抓住狗牙墙跺，右手开枪打死东头的一个哨兵；西头一个哨兵见同伴往下倒，慌了手脚，正瞪着眼发呆时，李副大队长已爬上狗牙墙垛开枪，也把这个哨兵打死了。后面跟着跳上的两个高个子队员，将台上缴获的两条步枪和一些子弹丢下台去，台前的同志立即拿起枪来参战。四个战士火速从后台跑下，冲进院子，站在那里的两个哨兵只注意外头，不料里头冒出神兵，将他们打死了。进攻东门的一个队员这时将手一扬，招呼门外的几个队员立即冲进去，又缴获了几条步枪，然后迅速撤离。还有几个队员听到鞭炮响时，忙装着赶集的模样，向西北路口走去，又打死了那里几个端枪放哨的敌兵。

战斗打响后，街上几千群众不知怎么的，一点也不害怕，不惊慌，都站在原地看热闹。过了一会，只听见一个游击队员大喊："农友们，散圩了，快快跑!"这时，圩上的群众才骚动起来，喊的喊，跑的跑。那一连敌军乱糟糟地冲出营房，组织反扑，但被沿街许多正在奔跑的群众挡住了，哪里追赶得及! 我们的同志夹在散圩的人群里，安全地撤出了华王庙圩场。

这次袭击总共十几分钟时间，干净利索地打死打伤30多个敌人，缴获步枪8支、子弹数百发。我游击队胆量之大，冲打之猛，行动之快，给当地群众留下深刻的印象。

资汝桂边的游击健儿

罗明桃

1935 年春的一天，风和日丽，鸟语花香，大地披上了嫩绿的新装，从江西南安通往广东南雄的马路，像一条泥黄色的巨龙，弯弯曲曲，由北向南，在嫩绿丛中翻滚。马路上，一队队、一群群的红军部队，迎着阳光，荷着枪械，淌着汗水，疾步地往南进发。

这是为了彻底粉碎蒋介石的"围剿"，从中央苏区突围出来去开辟新根据地的红军独立第二十四师七十一团三营的健儿。早几天，他们和团部一起行动，不料中途被敌阻击，才和团部失去了联系。现在，他们击破了敌人的阻击，又得知团部已有了下落，便决定来一次急行军，好赶上团部。

不几天，他们到达了团部的驻地广东长乾，便速忙探问，问了许久，却没有找着团部。原来团部又向新的地方转移了。战士们像一队失散的雁群，心里很不好过。团政治部主任游世雄说："我们江西有个方志敏，两条半枪闹起了革命，这是大家知道的吧！我们现在有 100 多人，差不多都有枪，还怕闹不起，站不住吗？一定闹得起又挺得腰来！这就要我们全体同志，鼓足勇气，下定决心，坚决地干到底。"

"离这儿不远的资（兴）汝（城）桂（东）边界，那里早有湘赣苏区两个独立团在活动，我们可以去联系。在那里，地势很险要，有著名的东边山、西边山等做屏障，山峦绵亘，有险可守，进可以取湘南，控制湖南，拿江西，下广东，也不在话下。那里正是我们游击活动的天然场所，任我们去显身手。"

游主任的话像一江春水，把战士们心坎上的疑团都排除了。只见人人精神焕发，个个高举右手，大声呼喊："打游击去，打游击去！我们是老百姓的部队，永远为人民的利益而战，即使剩下一枪一弹，也要战斗下去，永不屈服！"

游世雄领着这支 100 多人的队伍，跋山涉水，一程一程地行进到桂东的宋家地，遇上了湘赣军区张通率领的 80 多人，往前开到桂东的上庄，又会合了红军第二十四师七十一团的 100 多人。

凑巧，从中央苏区来整编湘南武装的蔡会文同志，也随团到了上庄。于是，蔡便召集三处指战员开会，传达党的决议。他批判了部队中的失败主义情绪，他说："红军主力北上是为了开辟新地区，促进革命洪潮的新高涨，也是突破敌人强大的围攻，转守为攻的主动行为。不久，我们就可以看到效果。目前，我们正处在革命的紧急关头，我们队伍里出现了少数不纯分子的动摇投降现象，这是不足为怪的。但是，我们应当警惕，提高认识，坚定信心，团结起来，斗争到底，我们一定能够胜利。"

战士们听完这番话，更加看清了敌我斗争的新形势，也都检查批评自己，决心"把革命闹到底去"。随后，三处人马正式合编为"湘粤赣边游击支队"，游世雄为支队的副政治委员。部队组织经过这番整编以后，行动更加统一了。

守望在边界四周的反动势力——"铲共义勇队"，探听到红军的力量又加强了，既惊惧又恼火，马上拼凑了300多人，挂起"五县铲共大队"旗号，前来游击区"清剿"。

一个深夜，游击队的侦察兵把这个惊人的消息报告了支队部。红军游击支队整编刚刚就绪，士气正旺，又经受了江西几次反"围剿"斗争的锻炼。所以，当敌人进犯的消息传来时，无一个战士不擦枪弄刀，准备立即迎敌。游击队领导人根据敌情做了分析，想出了退敌的办法。游世雄召集战士来部署战斗，他说："敌人乘着我们搞整编，就来进攻，以为有机可乘。其实，他们估计错了。我们一点也不怕他。我们这一次要完全甩掉第五次反'围剿'中的搞法，采取毛主席指示的游击战术，机警地打击敌人。那么，我们定能胜利，定能杀得他抱头鼠窜。"随即，他从全支队中选出了80多名精强猛汉，组成一支突击队，前去迎击敌人。

突击队出发时，游政委还再三交代策略，强调指出："这次战斗，只能退，不能进，把敌引了进来，就好治了。"

匪兵一路向游击区冲来，一到桂东的彩洞，便碰上了红军迎敌部队，匆忙开枪。哪知红军战士只是随便放了几枪，便仓皇朝荒山小路退走。匪军看了，以为红军在连续的战斗里，已打得胆子虚了，狠命追过来。从早到晚，一直追了五六十里，追得红军退入了八面山下的金橘窝，太阳又快要落了，才没有追下来。

第二天一早，红军刚吃完早饭，匪兵又出动了。红军走得更慌乱，地面上丢的衣服呀，帽子呀，被包呀，什么都有。匪兵在后，一边捡东西，一边狂呼："垮了，真的垮了！"一时得意忘形，追得更猛了。这一天，直把红军逼进了东边山的一个山沟里。这东边山不是一座孤零零的山，而是许许多多又大又高又陡峭的山岭组成的，里面有成片的密密麻麻的古树林，长得遮天蔽日，箭也射不进去，也有泉水和稀少的村庄。在这样的自然环境里，即使进去几百人，把他分散隐蔽好了，神仙也难发觉出来。匪军追到这里，眼看丛山陡峭，道路更加崎岖，心里也有几分疑惧。但是，想到红军是这样的"不堪一击"，也就不想"轻易放手"。于是，便分兵前去搜山，并在入口有碉堡的地方，地名叫木雀，特留下一班匪兵驻守，好叫红军不能脱逃。

红军突击队进了东边山，便是到了自己的家，更加灵活了。他们把部队分成两部：一部继续牵制敌人，扰乱敌人，使搜山的敌人不得片刻休息。一部 30 多人，便绕过敌人去堵塞敌人的后路——木雀。

那是一个毛毛雨的黑夜，北风飒飒吹来，还有一些凉意。红军得知匪兵已经按预计方向追过来了，这个30多人的小部队，找了一个向导，便悄悄地出击了。他们沿着山脊摸索前进，爬了一山又一山，过了一坳又一坳，到了一个大山腰间。这儿有一道杉木溜口，由上而下几十丈高，又很陡，夜晚看下去，黑溜溜的，看不着底。他们便从这溜口连爬带滚地滚了下去。溜口下边是小溪，没有桥，他们只好涉着冷冰冰的溪水横过去，再往前走几十步，又是一道杉木溜口。向导说："这就是敌人的碉堡了，大家准备杀敌呀！"战士们听了，多兴奋啊，都抖擞了精神，很勇敢地沿着溜口，高一步、低一步地往上爬去。

　　一到溜口顶上，碉堡全貌便显露在面前。战士们看了又高兴又紧张，几十只眼睛直盯着碉堡的动静，碉堡却寂静得像具死尸，一动也不动，好似哨兵也没有一样。这样，战士们的胆子更大了，马上冲了过去。

　　碉堡里的几个家伙都睡得熟了。枪都放在枕头下面，战士们把它轻轻地一一拿走，敌兵还没惊醒。最后在红军的押解下，举起双手走出了碉堡。敌军听到木雀碉堡已破，红军从后面杀来，料想是红军撒下了大包围圈，心惊胆裂，不敢恋战，急速退兵。红军隐在山顶的僻处，敌人的一举一动都一目了然。当看到大队匪兵都往后移动，一声号响，便沿着山坡、山坳冲杀下来，喊杀声、枪声把山谷都震动了。

　　游击队员以逸待劳，来势勇猛，前后左右四面冲击，敌人哪里还敢顽抗，只得丢枪弃械，拼命奔逃。这一仗，红军游击队获得了全胜。

1936年初秋时节，国民党反动派看到它的地方狗腿子，有的已经溃灭，有的已经七零八落，都不顶事了，暴躁得如同挨了打的疯狗，狂吼乱叫一阵之后，又搜罗正规军2个团纠合一些残存的地方狗腿子，计5000多匪徒，分两路来"清剿"：一路从广东北上，直指游击区的东、南两面；一路从湖南南下，直扣游击区的西门，妄想把游击队一举吃掉。

红军节节获胜以后，每天不是操练刀枪，便是发动群众打土豪、筹粮草，搞得一派热火朝天。一天，战士们正在坡上操练，只见几个老乡快跑而来报告："白匪又围攻我们来了！"游政委一听，心里不免一惊，连忙问了个底细，然后向战士们挥了挥手："情况紧急，赶快做好行动准备。"说罢，他去找其他几个领导商议退兵计划。

战士们见政委走了，一边马上整理武装、行装，一边谈论开来。有的说："敌人真懂事，晓得我们快要实弹演习，便送来了活靶！"也有的说："真的，我最近磨的刺刀，也等着要试试哩！"还有的说："敌人是嫌过去送的枪支、弹药还不够，这回才加派这些家伙来补充啊！"说罢，大家哄地一笑，飞来寻食的小鸟也被惊得飞走了。

不一会，游政委笑着走了过来，站在战士们的面前，来安排行动计划，他说："兵来将挡，水来土掩，这是常理。

敌人愿来送死，同志们也一定会勇于同这些野兽去拼命。"

"我们完全有勇气跟敌人拼命！"战士们截断游政委的话，齐声有力地应和着。

"不过，应该按具体的情况决定。"游政委满意地看了战士们一眼，又说开了，"在当前，敌人来得多，不下5000匪徒，数量上已经超过我们几十倍了，那就硬拼不得！"

"怎么办呢？"游政委提出了这一句，沉静地想了一下，但又像问别人似的，停了几分钟，才把他的主意说出，"化整为零，相机出击。"他还号召全体指战员坚决和群众一道，接受这场严重斗争的考验。

第二天，战士们便忙着和群众一块，三三两两搬运东西，在山岗上、在丛林中、在荒野里坚壁清野，亲切的谈话声，不时地传播四方。

"同志们，你们不会走吧！"

"不走，不走！老乡们在哪里，我们也在哪里。"

"那好呀！这些山，这些岭，哪里有洞，哪里有水，哪儿可进，哪儿可出，我们都一清二楚，你们在这里，包管你们不吃亏！我们全力来支持你们！"

"来，就唱个歌吧！"

工、农、兵，联合起来向前进，万众一心！
我们团结，
我们奋斗，

我们前进，

我们牺牲，

杀尽土豪劣绅和走狗，解放全国人民！

最后胜利必定归于我们工人、农民和士兵。

歌声越唱越起劲，穿过村庄、穿过丛林、穿过荒野、传进岩洞，永远在游击区军民的心坎激荡、激荡。

从此，游击队的健儿上山隐蔽起来，坚持艰苦斗争。敌人挖尽心思，出尽恶毒主意，如什么"三分政治，七分军事"的诱降呀，强迫移民并村、制造游击区方圆百里"无人区"的"三光"政策呀，以及野蛮封锁等，都没有困住游击队。

1937 年抗日战争全面爆发，国共两党重新合作，游击队在游世雄率领下，于这年冬天下山，进入江西地区，编入新四军第一支队第二团，走上抗日的前线。

苦战寒冬[*]

刘芝禄

国民党军队乘我红军主力转移后，为了扑灭人民革命火种，维护其反动统治，他们以十几倍、几十倍的兵力，配合地主武装，对游击区实行大规模的反复"清剿"，叫嚷要"掘地三尺""斩草除根"，决不让苏维埃政权死灰复燃。他们对游击区人民实行极其野蛮的烧、杀、抢政策，抓杀青年，蹂躏妇女，强迫实行保甲制度和连坐法，给游击区人民带来了数不清的灾难，也为红军游击队的活动带来了严重的困难。我们不得不成年累月苦战于崇山峻岭之中，茅草密林之间。

1935 年冬天，在这艰难险恶的形势下，有的人动摇了，个别的甚至叛变了。我们支队的副支队长程君良就无耻地叛变投降了敌人。他给敌人献策说：要消灭红军游击队，只有

　＊ 本文节选自《忆湘粤边的游击生活》，收录时做了适当修改。

湘粤赣组织联防"剿匪"，指挥部统一指挥，三省边界的游击队，不分省界，都可以"追剿"，这样就可以阻止游击队在三省边界上来回游动，一举可以消灭他们。敌人接受了叛徒的献策，组成了三省联防"剿匪"指挥部，程君良当副指挥，带队进山，大规模地烧山、封山、并村、移民，强迫山区人民到国民党占领区去住，隔断我们和人民群众的联系。

程君良知道给我们送过信、做过事的群众，抓到就杀。他把群众在九沟十八叉的房都烧了，不准群众进山，连种香菇的、烧木炭的、伐木的群众都不准进山，如进山就以"通匪"论处，就地杀害。在大小山路上设碉堡，贴布告，规定"一家通匪，十家连坐；一家窝匪，十家同祸"，限制群众只买一定数量的粮、油、盐和日用品，多买了就以"通匪"论罪。布告上还规定了：与匪送信者杀，与匪买粮油者杀，与匪买日用品者杀，与匪买药者杀等 36 条。游击区充满了一片白色恐怖，寒冷的冬天更加凄凉了。

我们和群众有一个多月没有联络。他们不敢进山，也不能进山。只有我们派侦察员黑夜到山外联络站去侦察消息，可是到群众家叫门不开，群众非常害怕。我们在门外悄悄告诉他：我们是红军游击队，晚上没有人看到。他听出我们的声音，才开门接待说：你们说不要怕，怎能不怕呀！你们可以到处走，我们有家走不了，敌人一发现和你们有联系，我们就被抓去杀了，还连累别家。以后再不要来了，求求你们。我们听了群众的话，心里很难受，为了群众的生命财产，再困难也不到山边老百姓家了。有时乘敌人疏忽时，就到离山较远的地方搞些粮食和日用品。这些东西很少，也不能经常搞到，冬天又找不到野菜，捉不到鱼和田鸡，所以有时一天吃不上一顿饭，真是"饥肠响如鼓"。由于敌人加紧"清剿"，我们吃、穿、住、行更加困难了，敌人不但白天进山，而且住在山里，晚上也不下山。我们白天不能行动，晚上也只能依靠熟悉的山区起伏的地形，弯曲的山路和茂密的森林，不走大路走小路，不走直路走弯路，有时从无路的地方穿插过去，逢山过山，逢水涉水。这样，敌人的封锁也难不倒我们红军游击队。大家还编了一首打油诗呢：

大路不让走，小路随便行，

封锁无路走，到处开新路，

天下这么大，难也难不住！

冬天，高山时常下雨下雪下冻雨，森林里阴暗寒冷，晒不到太阳，树枝经常被冻雨压断，随时有打坏人的危险。因此，冬天森林里不能存身了，只好白天在森林外边晒太阳，晚上到隐蔽山沟里烧火，几个人背靠背在一起，用夹被或单布单子从上到下盖起来，露营过夜。遇到下雨下雪就更困难了，火烧不着，被子也挡不了雨雪。数九寒冬，还是穿一身单衣（三年不但没有穿过棉衣，连夹衣也没有），在风雪饥寒中，冻得全身发抖，上牙打下牙咯咯发响。虱子又多，没衣服换，没地方洗，过着野人的生活。我们是革命的红军战士，总不能被敌人困死，被风雪冻死，环境逼着我们想办法去战胜困难，自己动手盖棚子。这里有盖棚子用的树木、竹子和茅草等材料，领导一动员，大家就砍树的砍树，割草的割草，一天一个班的棚子就搭起来了。大家有了自己的窝，高兴极了。开始盖的棚子只能遮风、不能遮雨，以后又向一位老大爷学习盖棚子的方法，把茅屋从下向上一层一层挤紧压严，就不漏雨水了。后来在棚子里架起了木棍床，铺上草，几个人挤在一起就暖和多了，基本上可以遮避风霜雨雪了。大家还编了一首打油诗：

天当铺盖地当床，深山老林建洋房。

地面铺有自然毯，房中设有摇摆床。

床上铺的"金丝被"，墙上衣架挂衣裳。

要问哪个来设计，红军战士自造房。

我们的棚子刚刚盖起来，敌人就来搜山，一发现我们的棚子就放火烧了。同时放火烧山，妄想铲除红军藏身的森林。我们与敌人展开顽强的斗争，东边棚子烧了，我们在西边盖，北边的棚子烧了，我们到南边盖。湘粤赣边界有这样大的山，有这么多的森林，敌人是烧不光的。我们在群众的帮助下，终于战胜了寒冬。

党是我们游击队的领导核心，环境越是艰险越要加强党的领导。我们支队有党委，大队有党总支，小队有支部。一个小队有二三十人，我当小队长时，也有 30 多人，全是党团员。只有两个炊事员，二十八九岁，不想入党了，但都表示说：我们虽然不是党员，但我们相信共产党，坚决跟共产党走。特别是姓陈的炊事员说："没有共产党就没有我老陈！"所以开会都让他参加。他不怕困难，不发愁，一天到晚总想把野菜当饭做得好一些。谁有病了，他还做一点多掺粮食的病号饭。由于党团员起模范作用，大家同睡一块地，同吃一锅饭，在生活上互相体贴，在思想上互相帮助，在对敌斗争上同心协力，比亲兄弟还亲。部队有大的行动，在可能情况下都通过支部讨论，深入做动员教育工作，使大家知道行动方向和任务，以及方法问题。在连队生活中，充分发挥民主，广泛听取战士意见，及时进行表扬和批评，做到情通理顺，不伤害同志间的感情。有时也有争论，甚至争得面红耳赤，但把情理说通了，谁也不记成见。特别是在打仗时，有的战士提的意见，比我们领导想得还周全。在党支部领导下，每个小队都有经委会，每天五分钱的伙食，每月终结算一次，经济公开，如有节余的伙食尾子就分给大家做零花钱。所以生活虽然很苦，大家都过得愉快。这是我们能够战胜敌人而不被敌人打散的一个重要原因。

八面山上的黎明

杨汉林

1936 年初，湘粤赣边游击支队经过一段艰难曲折的道路，来到了八面山中。

八面山（即天台山的一支山脉）位于湘南的桂东、资兴、汝城三县之间。这里的人民素有革命传统，群众条件很好，同时又是一片丛山密林，便于开展游击战争。湘粤赣边游击支队于 1935 年 4 月成立后，即由北山出发，转战来到这里。一路上，敌人天天跟在后面"追剿"，部队不断遭受挫折，一些不坚定的分子动摇、叛变了。尤其是叛徒龚楚和李宗保带领敌人的两次袭击，使我们受到了严重的损失，支队长兼政委蔡会文同志也在指挥部队突围时不幸牺牲。后来，虽然又成立了湘南特委，统一领导湘南地区的斗争，但是，由于敌人的严密封锁和"清剿"，不久我们又和特委失去了联系。从此以后，湘粤赣边游击支队的一部分便在新成立的中共西边山区委领导下，坚持八面山地区的斗争。

在那些日子里，我们是多么盼望上级党的领导啊！我们曾派人前往北山去寻找陈毅同志，也曾千方百计想和湘南特委取得联系，可是，所有的努力都落空了。虽然如此，我们仍然深信上级党是不会忘记我们的。

一天，曾昭墟同志带领一部分部队，正在天仙河一带活动，忽然，桃寮村的一位群众急匆匆地跑来报告："同志哥，我们村来了一个人，到处打听红军游击队在哪里。他一定不是个好人，快去捉来吧！"

这是个什么人呢？人还没有捉来，同志们就纷纷猜测起来。有的说："一定是侦探，要不然，怎么会大天白日打听红军游击队驻在哪里呢？"也有的说："要是叛徒，我一定要亲手宰了他。"有的说："说不定是上级党派来和我们取得联系的。如果真是这样，那该多好啊！"口气里充满对党的怀念。

不一会，那个形迹可疑的人被带来了。一见面，他就自我介绍，说他是湖南人，原在一方面军工作，红军长征到达毛儿盖以后，因为与留在湘黔边境的一支部队断了联系，所以上级特地派他回来寻找。

"怎么找到这里来了？这里不是湘黔边境啊！"同志们不相信他的介绍，继续盘问他。

那人不慌不忙地回答道："是啊，我从黔东找到湘西，找来找去找不到部队。后来在国民党报纸上看到八面山有大股红军游击队，我想，只要找到红军，事情就好办了，因此，我就来到这里！"为了说明自己的身份，他又扯起衣角，露出胸前的一块伤疤，说是和白军作战时负伤的。

伤口是不足为凭的，谁的枪打过了都会留下伤疤。虽说他讲得倒也有头有尾，合情合理，但是，他既无一方面军的证明，又无特委、县委的介绍。在这以前，敌人不是玩弄过多次类似的花样吗？严酷的阶级斗争，血的教训，不能不使我们提高警惕。经过研究，决定暂时把他带着，观察一个时期再说。

这人开始好像对我们还有些戒心。过了几天，他就无拘无束了，并且经常给我们讲主力红军巧渡金沙江、强渡大渡河的故事，还给我们唱长征歌曲。战士们都被他吸引住了，很快就学会了那些歌子。于是，八面山中也荡涤起红军长征的歌声：

金沙江流水闪金光，
胜利的红军要渡江，
不怕它水深河流急，
更不怕山高路又长，
红军勇难挡，
……

这些故事和歌曲，把我们的心和主力红军紧密联结在一起；对那人的疑虑也渐渐消除了。

可是不久，又一个新的疑问出现了。

有一次，雨夜行军后，大家都在忙着晒衣服，唯有他依然穿着那件湿衣服。同志们怕他着了凉，劝他脱下来晒一晒。他却借口说："穿湿衣服习惯了，没关系！"这事立刻引起了我们的注意。联想到他平时睡觉从不脱衣服，也从未换过衣服，这更使大家怀疑。一天，曾昭墟同志把他叫去，开门见山地把疑问提了出来，开始他还吞吞吐吐地不愿回答，后来实在没有办法，才答应把秘密告诉曾昭墟同志，但有一个条件，要求曾昭墟同志一定保守秘密，不再告诉第二个人。曾昭墟同志答应后，他衣服的衬里显示出密写的电报密码，原来他是给湘黔边境活动的那支部队送新密码的。

疑问完全消除了，我们对他更加亲近了，经常向他打听目前形势和党中央的近况。从他那里，我们知道了遵义会议确立了毛泽东同志的领导，知道了党的"八一宣言"和毛儿盖会议的精神。他告诉我们，革命高潮即将到来，目前，党的主张就是团结全国人民一致抗日。

所有这些消息在远离党的领导、处于极端艰难环境中的我们听来，是多么振奋人心啊！它不仅给我们无限力量，而且使我们犹如航行在暴风雨中的小舟，忽然看到了灯塔，看到了黎明。

从此以后，我们对当前的形势更加注意起来。我们设法从白区买来大量的报纸，贪婪地读着上面的新闻，以便从敌人的宣传中揣摸形势的变化与发展，寻找党的主张和政策。

后来，果然从报上看到了毛主席和中央红军到达了陕北的消息。根据对形势的分析，我们觉得那位同志所传达的都是真实的，因此也就完全信任了他，并依照他的意见，通过关系，把他送到资兴城。后来，他由资兴转道，继续完成原定的任务去了，可惜的是，竟把他的名字忘记了，而且此后再也没有见到他。

根据新的形势，我们的斗争也做了适时的转变。我们提出了"坚决反对日本帝国主义侵略，保卫中华民族的生存""我们是工农的军队，也是抗日的军队"等口号。每到一地，墙壁上、松树上，到处都留下呼吁抗日救国的笔迹。并把写在竹片上的"打倒日本帝国主义！""抗日则胜、不抗日则死！""停止内战，一致对外！"等标语，插到白区去，还经常召开群众大会，讲解当前形势，宣传党的主张。在行动上，也把打土豪的政策改为向土豪征款。经过这些工作，广大的劳动人民和我们团结得更紧了。同时，一部分有民族气节的开明人士，在我们"停止内战，共同抗日"的主张影响下，也和我们建立了联系。西安事变的消息，很快从报纸上看到了。我们抓紧这个有利时机，进一步展开了宣传。

9月的一天，火红的太阳刚爬上山顶，一个同志带着陈毅同志的亲笔信来到我们这里。陈毅同志指示我们：可以与当地国民党谈判，但要提高警惕，不能马上下山，待命行动。我们终于同上级党取得了联系，大家都情不自禁地高呼："我们胜利了！"

1938年初，我们奉命由桂东沙田出发到江西大庾池江集中。不久，部队编为新四军第一支队第二团的一部，高举抗日大旗，迎着初春的阳光，开赴皖南敌后战场，与日本侵略军战斗了。